KB120642

소설의 쓸모

소설의 쓸모

우리에게 필요한 이야기들

박산호

'□'

장편 소설·책·신문·잡지는 《 》, 단편 소설은 〈 〉, 영상 매체는 『 』, 기사는 「 」로
표기했습니다.

할머니의 예언과 저주

어렸을 때, 나의 주 양육자는 엄마의 엄마, 즉 할머니였다. 할머니는 우리 집 가장인 엄마가 백화점으로 출근했다가 밤늦게 돌아올 때까지 나와 동생들을 돌봐주셨다. 할머니가 다정하고 살뜰한 양육자였느냐면 선뜻 대답이 나오지 않는다. 그러나 내가 할머니에게 받은 가장 큰 유산, 지금도 가장 감사하게 생각하는 유산은, 할머니가 치매로 모든 기억을 잃어버리시기 전에 명주로 곱게 싸서 큰손녀인 내게만 물려주신 은수저 한 쌍이 아니라, 바로 이야기들이다.

할머니는 매일 밤 손주들을 재울 때마다 이야기를 하나씩 들려주셨다. '장화홍련', '토끼와 거북이', '심청이' 등. 이야기가 너무 재미있어서 또 해 달라고 조르면 항상 이렇게 말씀하셨다.

"이야기 너무 좋아하지 말어. 이야기 좋아하는 사람은 가난하게 살아."

그때는 몰랐다. 할머니의 이 말이 놀라운 예언이자 재

미있는 저주였다는 것을.

할머니가 해주시는 똑같은 이야기들을 천 번도 넘게 들었을 무렵 한글을 읽고 쓰는 법을 깨쳤다. 드디어 구전의 세계에서 문자의 세계로 진입한 것이다. 누구의 힘도 빌리지 않고 직접 이야기의 바다에 빠졌을 때 느낀 감격을 지금도 잊지 못한다. 이제부터 실컷 이야기를 읽을 수 있다. 내가 처음으로 읽은 이야기는 엑토르 말로의《집 없는 아이》였다.

그때부터 나는 아이들에게 찾아오는 최악의 악몽, 즉 갑자기 고아가 돼서 사방이 적으로 가득한 세상에서 살아남으려 고군분투하는 소설들을 탐독하기 시작했다. (최근에 어떤 영화를 보다가 그 방면으로는 영국 소설이 최고지, 라는 대사를 듣고 피식 웃을 수밖에 없었다.) 집 없는 아이 레미부터 해리 포터까지, 무수한 고아들의 이야기에 푹 빠져 어린 주인공이 고난을 극복하는 법을 읽고 또 읽었다.

그래서 몸과 마음이 아직 여물지 않았던 시절에 닥친 시련의 해일 속에서도 정신을 놓지 않고 넘어져도 다시 일어날 수 있었다. 세상이 내게 왜 이럴까 싶어 울고 싶었던 나에게는 하루아침에 하녀로 전락했어도 꿋꿋했던 소공녀 세라와 자신을 괴롭히는 남자 사촌을 때려주는 제인 에어 같은 용감하고 씩씩한 소녀들이 있었으니까. 누구에게도 말할 수 없는 고민 때문에 끙끙댈 때 손을 잡아준 건 소설 속 그들이었다.

나는 스스로의 적성과 취향은 전혀 고려하지 않고 그저 성적에 맞추어, 그리고 어릴 때 본 인도 영화 『신상』에 나온 코끼리가 너무 인상적이어서 선택한 인도어과가 나랑 너무 맞지 않는다는 사실을 뒤늦게 깨달았다. 그러나 재수를 할 용기도 돈도 없었던 나는 술·연애·독서라는 치명적인 조합에 몰두하며 대학 생활을 보냈다. 그때 나의 유일한 야심은 졸업 전까지 천 권의 책을 읽는 것이었지만 결국 675권을 읽고 세상으로 나가야 했다.

나는 강석경, 이문열, 신경숙, 도스토옙스키, 헤밍웨이, 카뮈, 톨스토이가 쓴 소설 속에 나오는 청춘들의 이야기를 읽고 주인공과 나를 동일시하면서 하루하루를 견뎠다. 나도 그 소설들 속 주인공들처럼 멋지고 뜨겁고 찬란한 20대를 보내고 싶었다. 이상은 높지만 현실은 비루한 시절, 나는 소설들을 한 권씩 읽고 내 안에 차곡차곡 쌓아가며 나라는 인간의 틀을 하나씩 세우고 있었던 것 같다. 돌이켜보니 그랬다.

대학을 졸업한 뒤 직장을 구하고 결혼을 하고 아이를 낳았다. 10년 동안 소설의 세계를 떠나 있었다. 잘 사는 어른은 그런 허구의 세계가 아니라 현실의 세계에서 용감하고 강해져야 한다고 믿었다. 하지만 나는 생각만큼 용감해지지도, 기대만큼 현명해지지도 않았다. 그러다 소설 번역가로 일하게 되면서 다시 소설의 세계로 돌아왔다. 순천 맘모스 극장에서 『양들의 침묵』을 보고 홀딱 빠져버린 스릴러라는 우주. 나는 스릴러 소설 번역가가 됐다.

그 후 20년 가까이 무수한 영어 소설을 국내 누구보다 먼저 읽고 번역해왔다. 첫 독자이자 매우 성실한 독자라 할 수 있는 번역가로 살면서 전 세계 작가들이 영어로 쓴 소설을 읽고, 국내 작가들의 소설을 읽고, 일본 소설을 읽고, 중국 소설을 읽었다. 10년 전 영국에 영문학을 공부하러 갔을 때는 빅토리아 시대 문학에 빠져 찰스 디킨스, 브론테 자매, 조지 엘리엇 같은 작가들의 작품을 깊이 파고들었다.

2022년에는 스릴러 소설을 한 권 쓰기까지 했다. 결국 어렸을 때 할머니가 하신 말씀은 놀라운 예언이자 재미있는 저주로 돌아와 나는 쉰이 넘은 나이에도 집 한 칸 장만하지 못한 채 여전히 이야기의 마법에 사로잡혀 읽고 쓰고 번역하며 살아가게 되었다.

소설은 어떤 힘이 있기에 나를 이렇게 힘센 손으로 꽉 틀어쥐고 놓아주지 않는 것일까.

소설은 어린 나에게 그 어떤 고난이 닥쳐도 스스로를 포기하지 않고 일어서는 법을 상상하게 해준 시뮬레이션 게임이자, 항상 서재에 틀어박혀 번역만 하느라 한없이 작은 세계에 갇혀 사는 내가 흥미로운 의문을 품을 수 있게 해준 사고의 실험장이자, 평소에는 만날 수 없는 다양한 사람과 그들의 복잡다단한 정신세계를 엿볼 수 있게 해준 만남의 장이다.

오락거리가 많지 않은 환경에서 비싼 초 하나에 의지

해 매일 밤마다 긴 읽을거리를 조금씩 아껴 읽었던 빅토리아 시대 독자들을 위한 벽돌같이 두꺼운 소설들부터, 시간이 없어도 너무 없는 현대 독자들을 위한 한두 페이지짜리 초단편 소설들에 이르기까지, 인간이 살아가는 속도에 따라 달라지는 소설의 두께를 보며 나는 어떤 속도로 살아가야 하나, 하고 고민하고 자문하기도 했다.

각종 영화, 드라마, 애니메이션, 다큐멘터리를 경쟁적으로 올려놓는 OTT 서비스들을 둘러보는 것만으로도 숨가쁜 요즈음, 뉴스와 정보 구독 서비스 플랫폼 또한 하늘의 별만큼 많다. 에세이나 상식 등을 전하는 뉴스레터도 모래사장의 모래알만큼 많다. 웹툰과 웹소설의 수는 셀 수조차 없을 것이다. 손쉽게 콘텐츠를 즐길 수 있고 놀잇거리가 비약적으로 늘어난 시대이기에 모든 종류의 콘텐츠가 소비자의 수면 시간을 두고 경쟁하고 있다고 한다.

그렇다면 이런 콘텐츠 대(大)범람 시대에 사람들이 여전히 소설을 찾아 읽는 이유는 무엇일까? 우리는 왜 허구의 이야기에 탐닉하고 작가의 정신세계를 따라가는 것을 즐길까? 그 이유를 나만의 방식과 시선으로 담아보았다. 이 책을 읽고 갑자기 서점으로 달려가 소설 한 권을 집어 드는 독자가 생긴다면 아주 기쁠 것이다.

마지막으로 이 책을 쓰는 데 도움을 준 엄마, 시율, 고양이 송이, 강아지 해피에게 고맙고 사랑한다는 말을 전한다.

미스터리를 환대하는 세계

영감이 기다리는 세계

《활자 잔혹극(A Judgement in Stone)》
루스 렌들 지음, 이동윤 옮김, 북스피어

만약 세상이 그토록 문자 중심으로
이뤄지지 않았더라면

소설을 꽤 읽어본 편이라고 자부하지만 《활자 잔혹극》의 첫 문장을 본 순간 압도되고 말았다. 첫 문장에서 바로 독자의 호기심을 멱살 잡고 끌고 가는 소설은 지금까지 딱 두 편밖에 없었다. 한 편은 옥타비아 버틀러의 《킨》이고, 또 한 편이 바로 이 《활자 잔혹극》이다. 이 작품은 유니스 파치먼이 읽을 줄도 쓸 줄도 몰랐기 때문에 커버데일 일가를 죽였다는 문장으로 시작된다.

대개 추리나 스릴러 소설의 묘미는 명탐정이나 노련한 형사, 혹은 쉴 새 없이 차를 마시고 뜨개질하는 틈틈이 대화와 관찰을 통해 사건을 해결하는 할머니(미스 마플) 같은 사람이 범인을 찾는 과정에 있다. 그런데 이 소설은 첫 문장, 그러니까 단 한 문장 속에서 핵심 사건과 범인과 피해자를 모두 밝혔다.

이쯤 되면 이것은 작가가 독자에게 내미는 선전포고

이다. 자, 이 한 줄로 여러분은 사건의 핵심을 다 파악하셨습니다. 그래도 제가 이끄는 여정에 참여하겠습니까? 아니면 여기서 그만 책장을 덮겠습니까? 추리와 스릴러 소설 마니아인 나는 이 첫 문장에 코가 꿰였다. 글을 읽을 수 없다는 이유로 일가족을 죽이다니, 대체 무슨 사연일까? 이들에게 무슨 일이 일어났는지 꼭 알고 싶다. 아니, 알아야겠다. 나는 이런 힘센 욕망에 이끌려 작가 루스 렌들이 빚어낸 이야기에 기꺼이 동참했다. 범인이 누구이고, 앞으로 어떤 사건이 일어나게 되는지 다 알고 있는데도!

《활자 잔혹극》의 줄거리는 사실 굉장히 단순하다. 유니스 파치먼이라는 48세 여성이 있다. 그는 어린 시절 제2차 세계 대전이 일어났을 때 제대로 된 교육을 받지 못한 채 독일군의 공습을 피해 여기저기로 피난을 다녀야 했다. 전후에는 학교를 다녔지만, 여러 학교를 띄엄띄엄 다니다 보니 점점 더 학습 진도를 따라가지 못했다. 어느 교사도 유니스와 다른 아이들의 학습 능력 사이에 근본적인 격차가 있다는 사실을 눈치채지 못했기에, 유니스는 항상 교실 뒷자리에 앉아 수업 구경만 하다 집에 가길 반복했고 결국 글을 읽을 줄 모르게 되었다. 가난한 노동자인 부모는 딸의 상태를 알고도 이를 감추기에 급급했다.

유니스는 청소, 바느질, 장보기, 요리 같은 집안일을 능숙하게 해냈고, 아픈 부모를 봉양했으며, 뜨개질이나 다

림질 같은 일로 푼돈을 벌었다. 그리고 글을 읽을 줄 모른다는 약점을 감추기 위해 가족 외의 사람들과 일절 교류하지 않았다. 그래서 서른 살이 될 때까지 술집, 극장, 레스토랑, 미용실 같은 곳에 가본 적도 없었다.

유니스의 물리적인 세상은 집이라는 공간에 한정돼 있었고, 글을 읽을 수 없었던 그의 정신은 부모와 나누는 지극히 빈약한 어휘들로 빚어진 좁디좁은 세계에 갇혀 있었다. 그리고 유니스는 자신의 감정을 솔직하게 드러내며 누군가와 소통한 적이 없었다. 대화 도중에 자신이 글을 읽고 쓸 줄 모른다는 사실이 밝혀지면 안 되니까.

유니스의 인생을 상상해본 나는 숨이 막히면서도 잘 이해되지 않았다. 어떻게 이런 인생을 살 수 있지? 글이야 배워서 읽으면 그만 아닌가. 이렇게 생각하다가 불현듯 협소한 세계에 평생 갇혀 있는 유니스의 모습 위로 소외된 이들의 모습이 겹쳐 떠올랐다. 바로 기계를 잘 다루지 못하는 정보 소외자들의 모습 말이다.

나도 번역하고 글을 쓰며 먹고사느라 20년 넘게 컴퓨터를 쓰고 있지만 할 줄 아는 건 인터넷 서핑과 한글 문서 작성뿐이다. 엑셀이니 파워포인트니 워드니 하는 말만 들어도 외국어를 들은 것처럼 정신이 아득해진다. 그런데 최근 들어서는 구글 문서, 노션 같은 문서 작성·자료 관리 서비스와 프로그램이 더욱 늘어나고 있는 추세이고, 일을 잘하는 데 필수적이라는 조언도 온갖 곳에서 들려온다. 컴퓨터 관련 지식이 적은 나는 날이 갈수록 더 큰 현기증을 느끼고 있는 중이다.

오랜 세월 아침마다 컴퓨터를 켜고 밤에는 컴퓨터를 끄는 것으로 하루를 마감해온 내가 이러한데 노인들은 과연 어떨까. 평생 컴퓨터로 해야 할 일이 하나도 없었고, 핸드폰과도 그다지 친숙하지 못한 노인들이 핸드폰에 애플리케이션을 깔아야만 일상 용무를 처리할 수 있을 때 느끼는 답답함을 상상해본다. 혹은 카페나 식당이나 패스트푸드점에 가서 키오스크 앞에 섰을 때 느끼는 공포를 상상해본다. 코로나 이후로 인건비를 줄이기 위해 시작된 키오스크의 급습은 이제 거의 모든 곳에서 목격할 수 있다.

그렇다면 글을 읽고 쓸 줄 모르는 사람의 공포는 어느 정도일까? 국가인권위원회 조사관이 오랜 시간 일한 경험을 바탕으로 쓴 《어떤 호소의 말들》에는 그가 만난 진정인 중 전과 이력이 가장 많은 노인에 대한 이야기가 실려 있다. 직접 민원 진정서를 써서 교도소에 제출하면 되는 간단한 문제가 발생하자 노인은 조사관을 대면해 대신 해결해 달라고 호소한다.

조사관은 노인과 대화하던 도중에 그가 글을 읽지 못한다는 사실을 알고 놀란다. 그리고 안타까워한다. "문자 밖의 사람은 문자로 된 법의 세계에서 훨씬 더 가혹한 처벌을 받을 가능성이 높을 수밖에"《어떤 호소의 말들》, 89쪽, 최은숙 지음, 창비 없으니까. 그 후 조사관은 전국 교도소를 다니며 실시한 설문 조사를 통해 문해력이 낮아 실질적으로는 글을 읽을 줄 모르는 거나 마찬가지인 사람이 많다는 사실을 알게 된다.

이런 사례들을 인지한 채 유니스가 일상에서 느끼는 공포를 상상하면 가히 그 크기가 어느 정도였을지 조금은 짐작할 수 있다. 그나마 아직 사람들은 기계 조작에 서툰 면은 용인할 수 있는 결점으로 보지만……. 모든 인간이 글을 읽을 수 있다는 생각이 짙게 깔린 우리 사회에서 글을 읽지 못한다는 것은 한 인간의 존엄과 스스로를 보호할 수 있는 권리가 박탈되는 치명적 약점이다.

그런데 그런 유니스가 하필 독서를 광적으로 좋아하는 가정에 '하녀'로 들어가면서 비극이 싹튼다. 글을 읽지 못하는 가사 도우미 유니스와 독서에 하루 종일 빠져 있는 그 집의 의붓아들 자일스는 각자 자신이 틀어박힌 세계에서 절대 나오려 하지 않는다는 면에서 거울처럼 서로를 비추는 존재들이다. 집주인 부부 조지와 재클린은 고전 소설을 읽으며 일상 대화를 나누고, 딸 멜린다는 눈치 없이 유니스에게 글자와 관련된 질문들을 거듭 던져 그를 자극하고 분노하게 만든다. 즉 이들의 만남은 처음부터 거대한 충돌을 예감하게 하는 것이었다.

게다가 이들의 갈등은 이 정도 수준에서 끝나지 않았다. 그렇다, 일가족을 살해하기 위해서는 글을 읽지 못한다는 것보다 더 거대한 동기가 필요하지 않겠는가. 내가 본 살인의 직접적 동기는 소통 부재였다.

조지는 전화해서 메모를 남겨 달라고 요청해도 번번이 따르지 않는 유니스에게 무슨 문제가 있는지 신경 쓰지 않았다. 재클린은 유니스가 자신이 원하는 이상적이고 고전적인 '하녀'라고 믿었기 때문에 그와 평소에 인간적인 소통이나 감정적인 교류가 전혀 되지 않는 점을 무시했다. 문자의 세계에 중독된 자일즈는 유니스를 유령 취급하고, 문학을 전공한 멜린다는 유니스가 글을 읽을 줄 모른다는 사실을 누구보다 빨리 알아차리지만 그를 돕겠다는 자아도취적 욕구에 빠져 주제넘은 참견을 한다. 그래서 유니스가 총을 들고 저택 안을 활보하는 사태가 벌어진 것이다.

요즘이야 글을 중시하는 분위기가 좀 줄어들긴 했지만, 그래도 문인을 '교양인'과 동급으로 여기며 고상하게 여기는 분위기는 언제나 있었다. 하지만 유니스는 글을 몰랐기 때문에 오히려 한 번 본 것은 머릿속에 사진으로 찍어놓듯이 정확하게 기억했고, 산책을 통해 사람들을 관찰하면서 그들의 은밀한 관계와 감정을 알아차리는 감각 능력이 있었다.

만약 세상이 그토록 문자 중심으로 이뤄지지 않았더라면, 만약 유니스가 글을 읽는 능력이 아닌 다른 능력과 감각을 충분히 활용할 수 있는 사회적 배려를 받았더라면 커버데일 가족은 죽지 않았을지도 모른다. 어쩌면 유니스는 오랫동안 보모로 일하면서 아이들과 함께 산책

할 때마다 카메라를 들고 낯선 이들을 찍은 비비언 마이어 같은 예술가가 될 수 있었을지도 모른다. 아니면 그 예리한 관찰력을 이용해 경찰 수사에 협조하는 범죄 전문가나 탐정이 될 수도 있었을 것이다. 이 모든 것은 그저 가정이기에 한없이 무력하지만.

그러다가 나의 이런 가정을 아름답고 흥미롭게 그려낸 소설을 만났다. 《가재가 노래하는 곳》이란 소설의 주인공 카야는 알코올 중독자이자 전쟁으로 한쪽 다리를 못 쓰게 된 아버지가 휘두르는 잔인한 폭력 밑에서 어린 시절을 보낸다. 어머니는 여섯 살 때 집을 떠났고 이어서 두 오빠와 두 언니마저 집을 나가버린다. 몇 년 후에는, 드문드문 집에 들어오긴 했지만 여전히 어린 카야를 방치하던 아버지마저 사라진다.

결국 카야는 노스캐롤라이나의 습지 한가운데에 있는 다 쓰러져가는 판잣집에서 홀로 살아가야 하는 기막힌 현실에 처한다. 카야는 의무 초등 교육 때문에 자신을 데리러온 교사의 손에 이끌려 학교에 딱 하루 나갔다가 Dog, 즉 개라는 단어의 철자를 모른다는 이유로 아이들에게 끔찍한 놀림을 받고 소외당한다. 그 후 카야는 다시는 학교로 돌아가지 않았다.

어른들의 보살핌을 거의 받지 못한 채 글자도 읽지 못하고, 수는 스물아홉까지만 셀 줄 아는 카야가 살아남을 수 있었던 이유는, 그가 새들을 가족으로 삼고 조수 간만의 차, 별, 새, 조개껍데기를 관찰하며 자연이 줄 수 있는 모든 걸 최대한 활용했기 때문이다. 그리고 하나뿐인 친구 테이트가 찾아와 그를 다그치지 않고 천천히 글을 가르쳐주었다. 사실 테이트에게서 글을 배우지 못했더라도 대자연을 사랑하며 이 세계의 이치를 평생 관찰하고 연구해 온몸으로 깨우친 카야는 이미 그 누구보다 뛰어난 습지 전문가이자 과학자였다.

나는 이 소설을 읽으며 유니스를 떠올렸다. 유니스에게도 글을 읽지 못한다고 비웃지 않고 천천히 그의 속도에 맞춰 가르쳐주는 테이트 같은 친구가 있었더라면. 카야도 평생 여자친구와의 우정이나 영화관에 가서 영화를 보거나 쇼핑을 하는 즐거움은 모르고 살았다. 카야에겐 그를 품어주는 대자연이 있었고, 유니스에겐 그저 흑백 TV만이 있었다. 그래서 카야는 생태학자가 됐고, 유니스는 살인범이 됐다고 하면 지나친 비약일까.

결국 유니스와 카야의 차이를 만든 건 이해와 소통이 가능한 환경의 유무일지도 모른다. 유니스가 고용주 식구를 몰살한 것은 전적으로 그들 간의 소통 부재에서 비롯되었다. 그러나 세상으로부터 버림받았던 카야는 테이트를 통해, 어린 그를 보살펴준 잡화점 주인 점핑 부부를 통해, 뒤늦게 찾아온 조디 오빠를 통해 다시 세상과 힘겹게 손을 잡는다. 그런 이해와 소통에는 글자를 읽는 능력을 뛰어넘는 강력한 힘이 있음을 이 두 소설은 보여준다.

《시녀 이야기(The Handmaid's Tale)》
마거릿 애트우드 지음, 김선형 옮김, 황금가지

걸작을 만들어낸 질문들

최근에 흥미로운 영상을 하나 봤다. 요 몇 년 새 노벨 문학상 후보에 꾸준히 오르고 있는 마거릿 애트우드가 백발을 휘날리며 화염방사기를 들고 근사한 표지의 《시녀 이야기》 책을 불태우고 있는 영상이었다. 놀랍게도 그 책은 화염에 휩싸였어도 불타지 않았다. 《시녀 이야기》는 1985년 출간된 이래 미국의 여러 고등학교에서 학생에게 추천하는 도서로 오랫동안 읽혀왔다. 그런 한편 작품 속에 담긴 생각과 정신을 불쾌하고 불편하게 여기는 사람들의 공격을 받아 반복적으로 불태워지거나 금서로 지정돼왔다. 이 영상은 출판사가 그 오랜 세월 동안 《시녀 이야기》가 겪은 금서 조치들에 저항하는 의미를 담아 만들었고, 실제로 불타지 않는 소재로 책을 제작했다고 한다.

대체 어떤 책이기에 이토록 크나큰 논쟁과 분노와 공포를 유발해온 것일까. 그렇지 않다면야 금서로 지정되는 것도 모자라 불태워지는 운명까지 겪을 수 없지 않겠나?《시녀 이야기》의 줄거리를 간단히 설명하면 이렇다. 어느 날 전쟁이 일어나 미국 정부가 무너지고 기독교 전체주의 집단이 권력을 잡는다. 그 결과 언제나 그래왔듯 이 여성이 가장 심한 탄압을 받는다. 쿠데타가 일어난 직후 가장 먼저 취해진 조치는 여자들의 모든 은행 계좌를 막는 것이었다. 이 설정을 보는 순간 숨이 턱 막혔다. 이보다 더 효과적으로 한 인간의 운신의 폭을 좁힐 수 있는 방법이 있을까.

곧 여자들은 직업과 자식도 빼앗기고, 그야말로 모든 걸 빼앗긴 채 국가를 위해 몇 개의 계급으로 나뉘어 살아가게 된다. 그중 '시녀'란 아이를 낳을 수 없는 장군들의 아내 대신 아이를 낳는 계급을 뜻한다. 소설의 주인공 오브프레드도 사령관의 시녀로 들어가 시녀의 제복인 붉은 옷을 입고 자신의 의지에 반해 임신을 해야 하는 끔찍한 상황에 처한다. 오로지 아이를 출산하는 임무만 지닌 시녀들은 숨이 막힐 정도로 극단적인 기독교 윤리에 따라 한여름에도 온몸을 가리는 두꺼운 옷을 입어야 하고, 남자들은 그들의 얼굴을 보지 않도록 조심해야 한다.

이 이야기는 그저 단순한 공상에 불과할까? 의상의 색만 바꿔본다면, 다른 종교로 바꿔본다면, 여성들이 겪는 고통의 빛깔을 조금 다른 빛깔로 바꿔본다면, 이런 디스토피아는 이미 어렵지 않게 지구 곳곳에서 목격되고 있다. 이란에서 히잡을 쓰지 않았다는 이유로 체포되어 고문을 받은 젊은 여성이 숨졌고, 그 여성에 연대하는 강한 시위가 바로 지금 이란의 도처에서 일어나고 있다.

마거릿 애트우드는 어떻게 1985년에 이런 소설을 쓸 수 있었을까? 에세이집 《나는 왜 SF를 쓰는가》를 보면, 그는 1984년 봄에 베를린에 체류하면서 폴란드, 체코슬로바키아, 동베를린을 방문했다고 한다. 그는 거기서 전체주의 사회와 그 생활상을 두 눈으로 직접 보고 이 책을 집필하기 시작했다. 그런데 동구권 국가들뿐 아니라 1985년에 그가 대학 예술실기학 학과장으로 머물렀던 미국 앨라배마주의 터스컬루사 역시 억압적인 사회 분위기가 팽배한 곳이었다. 그곳에서 그는 매우 일상적이지만 공산주의 국가를 연상하게 하는 행동(자전거 타기 등)을 한다면 공산주의자라고 배척당할 것이라는 조언을 듣기도 했다.

이렇게 강압적인 환경들을 직접 목격해온 마거릿 애트우드는 현재 '해방된' 서구 여자들이 대체 얼마나 위험한 빙판 위에 서 있는 것인지 의문을 품었다고 한다.

나는 좋은 작가가 되는 것은 얼마나 좋은 질문을 품고 있는지에 달려 있다고 믿는다. 그리고 마거릿 애트우드의 질문이 바로 미래를 내다본 좋은 소설을 만들어냈다고 생각한다. 비록 그는 집필하는 내내 누가 이 이야기에 설득력이 있다고 믿어줄지 의문을 가졌다고 했지만 말이다. 분명 1980년대에 동구권 국가들을 방문한 서구 예술가가 마거릿 애트우드 단 한 명에 불과하지는 않았을 것이다. 그러나 그런 집단주의 사회를 보고, 그곳에서 사는 사람들이 일상적으로 겪는 억압과 자유의 부재를 주제로 삼아 이토록 통렬하면서 동시에 수많은 사회에도 적용될 수 있는 이야기를 쓴 작가는 그리 많지 않다. 무엇보다 흐르는 시간 속에서 거듭거듭 불태워지는 억압을 받을 정도로 강렬한 메시지를 담고 있는 소설은 더더욱 희귀하다. 마거릿 애트우드가 당시 자신이 목격한 집단주의 사회에 대해 더없이 예리하면서도 적절한 의문을 품었기 때문에 이런 걸작이 탄생할 수 있었던 것이 아닐까.

좋은 작가가 되려면 좋은 질문을 품고 있어야 한다는 내 믿음을 확인해주는 또 다른 예가 있다. 2022년에 나는 한 인간이 다른 인간을, 한 민족이 다른 민족을 의도적으로, 계획적으로, 끝없이 차별해도 되는 것인가? 라는 화두를 던진 소설 《파친코》의 작가 이민진을 만나 인터뷰하게 되었다. 《파친코》를 읽고 아주 감동적이었다는 소감을 페이스북 계정에 게시한 것이 계기가 돼서 이루어진 인터뷰였다.

이민진 작가에게 《파친코》를 쓴 계기를 묻자, 그는 예일대에서 역사학을 전공하던 당시 재일 조선인들이 오랜 세월 차별과 고난을 겪으면서도 시련에 굴하지 않고 인간으로서 존엄을 지키며 살아온 점에 감동을 받아 집필하게 되었다고 답했다. 역사를 공부하면서 알게 된 재일 조선인들이 받은 차별, 그리고 그가 미국 이민자 2세대로서 필시 겪었을 차별, 미국에서 그가 보고 듣고 경험했을 다양한 인종적·민족적 갈등에 관한 의문이 토대가 되어 10년이 넘는 대장정 끝에 《파친코》라는 소설이 태어난 것이다.

나는 그에게 소설가가 되고 싶지만 소재가 없는 사람들은 어떻게 해야 하느냐고 질문했는데 대답이 아주 인상적이었다. 이민진은 미국 대학에서 글쓰기를 가르칠 때 학생들에게 자신이 가장 중요하게 생각하는 것, 마음에 항상 걸리는 것, 가장 수치스러워하는 것에 대해 써보라고 독려한다고 한다. 이렇게 쓰면 멋지겠지, 이런 이야기가 잘 팔리겠지, 싶은 글을 쓰는 것이 아니라 자신의 마음속에서 계속 떠나지 않는 것, 그것만 생각하면 쥐구멍으로 기어들어가고 싶어지는 것에 대해 써보라고. 그러면 그 글을 끝까지 쓸 수 있고, 무엇보다 그런 글이 남들에게도 중요한 글, 읽고 싶은 글이 될 수 있다고.

이 대답을 듣고 나서 나의 경우는 어떠한지 생각해봤다. 《파친코》에서 선자가, 선자의 아들 노아가, 선자의 손자 솔로몬이 재일 조선인이라는 이유로 대를 이어 일본인들에게 차별당하는 대목을 읽으면서 나는 전라도 출신이라서, 싱글맘의 딸이라서, 다시 내가 싱글맘이 되어서 차별당했던 기억을 떠올렸다. 결국 그런 기억이 내가 발표했던 두 권의 에세이집이 된 것이 아닐까. 돌이켜보니 내게도 글로 쓸 만큼 거대한 질문, 중요한 의문이 있었던 셈이다.

작가가 아닌 사람에게도 살아가면서 질문을 품는 일은 중요하다. 그러나 평소에 질문을 하지 않던 사람이 갑자기 질문을 떠올리기란 쉽지 않다. 그래서 우리는 더더욱 소설을 읽어야 한다.《시녀 이야기》를 읽으며 왜 여자는 이렇게 항상 아이를 낳는 도구가 되어야 하는가, 라는 의문을 품고,《파친코》를 읽으며 국가적인 차별에 개인은 어떻게 맞서야 하나, 라는 질문을 떠올리고,《제인 에어》를 읽으며 부잣집 남자와의 결혼이 성공한 삶을 의미하는 것은 아니지 않나, 라는 의문을 품을 수 있다. 소설 읽기는 우리가 가보지 않은 길을 미리 안전하게 걸어볼 수 있게 해주는 지적인 시뮬레이션 게임과 같다.

〈천국의 신부들(The Brides of Heaven)〉
N. K. 제미신 지음, 이나경 옮김, 황금가지

에일리언의 손을 마주 잡을 때

약 5년 전에 《단어의 배신》이라는 책을 써서 번역가가 아닌 작가로 표지에 이름을 올렸다. 이 책은 번역가로 오랫동안 일하면서 알게 된 영어 단어의 또 다른 뜻과 그에 대한 역사적 배경을 쉽게 풀어놓은 인문 에세이집이다. '단어의 배신'이라는 제목은, 그동안 익숙하게 접해온 영어 단어들 대다수가 실은 전혀 생각지도 못한 다른 뜻도 지니고 있다는 점에 충격을 받아 붙인 것이다. 예로 betray라는 동사가 있다. 대체로 '배신하다'라는 뜻을 가진 단어로 널리 알려져 있지만, 영미권에서는 종종 '어떤 특징이나 표정을 무심코 드러내다, 노출하다'라는 뜻으로도 쓰인다. 번역 일을 시작한 뒤 처음 이 뜻을 알게 됐을 때는 뒤통수를 맞은 듯한 기분이 들었다.

그런데 이렇게 단어 하나하나의 뜻을 깊게 알아가는 동안 말이 지닌 힘에 대해서도 다시 한 번 생각해볼 수 있었다. 내 언어와 정신의 지평을 넓혀준 단어 중 하나를 꼽자면 alien(에일리언)이라는 단어를 들 수 있다. 흔히 에일리언하면 대부분 외계인을 떠올릴 것이다. 그것도 이제는 고전이 된 영화 『E. T.』에 나올 듯한 귀여운 외계인이 아니라, 팔다리가 문어처럼 셀 수 없이 많거나 영화 『에일리언』에 나오는 외계인처럼 무시무시한 힘으로 인간을 잡아먹는 존재가 떠오르기 십상인데.

《단어의 배신》을 쓰면서 이 단어에 대해 좀 더 들여다봤다. 에일리언은 명사로는 '외계인, 이방인, 외국인, 따돌림을 당하는 사람'이라는 뜻을 갖고 있고, 형용사로는 '색다른, 진기한, 이질적인, 상반되는, 적합하지 않은'이라는 뜻을 갖고 있다. 그걸 보자 뉴질랜드 유학 시절 비자를 갱신할 때마다 서류의 에일리언이라고 쓰인 네모 칸에 표기해야 했던 기억이 떠올랐다.

아, 나도 결국 에일리언이었던 것이다! 에일리언이란 우리의 상식과 믿음에 반하는 보기 흉한 괴물 같은 타자가 아니라 사실은 우리 모두 에일리언이었음을 깨닫고 멍해졌다. 나중에 단편집 《검은 미래의 달까지 얼마나 걸릴까?》 속 〈천국의 신부들〉을 읽고 있노라니 이때의 에피소드가 떠올랐다. 이 단편은 일리인이라는 외계 행성에 도착해 살아가는 여인들을 그린 이야기다.

기나긴 우주여행 끝에 저온 수면에서 깨어난 여자들은 수면 기계의 고장으로 같이 타고 온 남자들이 모두 목숨을 잃은 상황에 봉착한다. 그나마 엄마와 같은 수면

기계에 들어갔던 아들 셋이 살아남지만 그들도 병과 사
고로 순식간에 죽어버린다. 남은 여자들은 절망한다. 지
구에서 이곳으로 새 우주선이 도착하려면 천 년이라는
세월이 걸릴 것이고, 생명을 이어갈 수 없는 그들은 파멸
할 테니까.

아들 아이태릴을 사고로 잃은 우주생물학자 디히야는
좌절해서 그곳을 떠나려다가 신비한 웅덩이를 발견한
다. 그는 새 생명을 잉태할 수 있기를 바라며 웅덩이 속
으로 뛰어든다. 거기서 그치는 것이 아니라 웅덩이의 물
을 떠서 기지의 물 저장소에 넣어버리는 사고까지 친다.

남자 없이 여자들끼리 살다가 아이를 갖고 싶을 때는
마법의 샘에 들어가서 아이를 임신하는 아마존 신화를
차용한(작중에서도 그 신화가 나온다) 이 이야기를 읽고
처음에는 좀 놀랐다. 이어서 SF니까 뭐든 가능하지, 라고
가볍게 생각했다가 갑자기 다른 감상도 떠올랐다. 사실
SF 영화 하면 흔히 연상하는 소재는, 인간과 우주 생물의
결합으로 탄생한 무시무시하고 놀라운 능력을 지닌 괴
생명체이다. 그것이 던지는 주요 메시지는 지극히 평범
하다. 새롭고 낯선 것은 위험하다는 메시지다. 그러나 이
작품은 수상한 웅덩이에서 낯선 생명체와 조우해 알 수
없는 무언가를 잉태하는 공포를 그린 이야기가 아니다.
여기서 배 속에 잉태된 무언가는 단순한 생명이 아니라
새로운 지능이자 관념이며 아이디어를 뜻한다.

작중에서 오랫동안 우주를 탐사해온 인류는 온갖 곳

에서 생명체들을 발견하지만 그 생명체들에게서 지력은 발견하지 못한다. 생명보다 지각 능력이야말로 희귀하고 보배로운 것이었다.

나는 이 지각 능력을 새로운 아이디어라고 해석했다. 인간이 새로운 아이디어를 이해하고 받아들여서 체화하기란 생명을 잉태해서 낳는 것보다 더 힘들고 고통스러운 경우가 많다.

어릴 적 나는 사극에 나온 여자들이 소위 '순결'을 잃을 때마다 은장도로 자결하고 그것을 칭송하는 모습을 보면서 공포와 충격을 느끼곤 했다. 여자는 순결을 잃으면 끝장이구나. 남자는 열 첩을 거느려도 상관없지만 여자는 강간을 당해도 죽음으로 그 치욕을 덮어야 한다니. 그런 정신적 속박에서 해방되어 성관계는 자유롭고 안전하게 즐길 수 있는, 인간의 자연스러운 본능을 따른 관계라는 생각을 받아들이기까지 실로 오랜 시간이 걸렸다.

이외에도 한때는 너무나 당연했지만 지금은 야만적이거나 시대착오적인 것으로 간주되고 있는 관념들이 얼마나 많은가. 이혼은 씻을 수 없는 수치다, 타 민족과의 결혼은 상상할 수도 없다, 머리와 수염을 깎는 것은 부모님이 물려주신 신체를 훼손하는 범죄다 등등.

〈천국의 신부들〉에서 디히야는 조용히 멸망을 기다리는 사람들을 뒤로하고 자살하려다가 마침내 낯선 행성의 정체를 알 수 없는 웅덩이에 뛰어드는 용기를 낸다. 그것은 그가 과학자이면서 자식을 잃은 어머니였기에 가능한 일이었을지도 모른다. 하지만 인간은 그 정도로 바닥까지 추락해야만 변화를 꾀하고 받아들일 수 있는 생물이라는 의미로도 읽혔다. 사람은 좀처럼 현상을 바꾸려 하지 않기 때문이다. 지금 겪고 있는 고통과 불행이 어지간해서는 절대 빠져나올 생각을 하지 않는다. 왜 그럴까. 알 수 없는 미래를 향해 모험하기보다는 아무리 고통스러워도 익숙한 고통에 안주하는 것이 정신적으로 더 편한 탓일지도.

내 주위에도 디히야 같은 사람들이 있다. 그중 한 명은 영국에서 한국 음식 식당을 운영하는 친한 언니인데, 워낙 요리 솜씨 좋고 인정 많은 사람이라 10년 넘게 그 마켓의 터줏대감으로서 손님들에게 사랑받아왔다. 그런데 코로나가 닥쳐 어쩔 수 없이 잠시 식당을 닫아야 했고 개인적으로도 힘든 일이 많이 생겼다. 우울하고 서글픈 나날이 계속됐다.

그런데 언니는 거기서 주저앉지 않고 오히려 오래전부터 꿈꿔왔지만 차마 용기가 나지 않았던 크로플 디저트 가게를 열었다. 나는 솔직히 놀랐다. 사업 형편이 어려워진데다 몸도 지쳤기에 주저앉아도 누가 뭐라 하지 않을 상황에서 오히려 더 굳세게 마음을 먹고 새로 가게를 내다니. 요즘 언니는 식당과 디저트 가게를 오가며 주 7일 내내 일하고 있다고 한다. 아직은 영국인들이 크로플이라는 디저트에 익숙하지 않아 손님은 별로 없다지만 핸드폰 너머로 들려오는 언니의 목소리는 힘찼다.

이런 면에서는 나도 목소리를 보탤 수 있을 것 같다. 2022년에 내가 쓴 첫 스릴러 소설이 출판됐는데, 사실 그 소설을 쓰던 시기는 내 인생에서 가장 암울한 시기였다. 그야말로 몸과 마음이 너덜너덜해져 의욕이 바닥을 치다 못해 지하의 지하로 뚫고 내려갔던 순간, 문득 이 소설의 한 장면이 머릿속에 떠오르면서 이를 이야기로 쓰고 싶다는 뜨거운 열망이 솟구쳤다. 그전까지 한번도 소설을 써본 적이 없었기에 내겐 낯선 모험이었지만, 쓰든 안 쓰든 여기서 더 망할 것도 없지 않겠느냐는 자기 합리화 또한 발동했다.

그렇게 해서 2021년에 쓴 소설이 2022년에 출간되어 단단한 물성을 가진 책으로 받아든 순간 깨달았다. 내가 그렇게 크나큰 고통을 겪지 않았더라면 미친 사람처럼 난생처음 소설을 쓰려는 시도를 절대 하지 않았으리라는 걸. 그 위기가 없었더라면 나는 번역가와 에세이스트로서 그럭저럭 만족하며 평생을 살았을 것이다.

이제껏 경험한 적 없는 혼돈과 미지의 상황 앞에서 자포자기하지 않고 외계인, 이방인 또는 정체를 알 수 없는 무언가 등, 낯선 그들이 내민 손을 잡을 용기를 내는 사람만이 예상을 뛰어넘는 미래를 만들어낼 수 있을지도 모른다. 디히야가 웅덩이에서 뻗어나온 부드러운 덩굴 손을 마주 잡았듯이. 움직이지 않으면 아무 일도 일어나지 않는다. 소설가 정세랑의 단편 〈아라의 소설 1〉에 "어떤 모퉁이를 돌지 않으면 영원히 보이지 않는 풍경이 있으니까"《아라의 소설》, 34쪽, 정세랑 지음, 안온북스라는 문장이 있다. 살다 보면 한 번씩 돌아야 할 모퉁이가 있는 것이다. 그런 모퉁이를 돌 수 있는 용기는 남의 이야기, 즉 소설을 읽으면서 감동과 영감을 받을 때 더 쉽게 낼 수 있다고 생각한다. 적어도 난 그렇게 해서 여러 개의 모퉁이를 돌아왔다.

〈자신을 행성이라 생각한 여자(The Woman Who Thought She Was a Planet)〉
반다나 싱 지음, 김세경 옮김, 아작

○○인 게 나한테 이롭기도 해

얼마 전 한 카페에서 후배 번역가와 만나 차를 마셨다. 그는 이제 막 번역서를 한 권 낸 신예 번역가였다. 우리는 번역에 대해, 육아에 대해, 인생에 대해 이야기를 나누었고, 어느새 나는 번역 말고 다른 일을 알아보라고 그를 설득하고 있었다. 사실 번역은 육아와 병행할 수 있는 만만한 일이 아니라고. 차마 여기에서 열거할 수 없는 다른 단점들도 설명했다.

그러자 그는 말간 눈으로 나를 보며 말했다. "그럼 제가 달리 뭘 할 수 있겠어요? 결혼하고 아이를 낳고 경력이 단절되고. 가까스로 내가 뭔가를 완성했다는 성취감이 들어 기뻤던 일이 번역인 걸요. 내가 뭔가를 끝까지 해냈다는 느낌을 받은 건 실로 오랜만이었어요." 그 말에 나는 두 손 들고 고개를 끄덕일 수밖에 없었다. 더 이야기하지 않아도 그 아픔에 절절하게 공감할 수밖에 없었으니까.

〈자신을 행성이라 생각한 여자〉를 읽다가 문득 그 후
배와 나눈 대화가 떠올랐다. 이 단편의 주인공 람나스는
정부 고위 관료로 일하다가 은퇴해서 아침에는 베란다
에서 차를 마시며 신문을 읽고, 저녁에는 시니어 클럽에
나가 체스를 두며 만족스럽게 살고 있다. 어느 날 그런
그의 일상을 뒤에서 조용히 꾸려온 아내 카밀라가 차를
마시다가 선언한다.

> 마침내 내가 무엇인지 알았어. 나는 행성이야.^{75쪽}

람나스는 아내의 느닷없는 말에 "얼굴을 찌푸리며 자
신만의 평화로운 시간을 방해한 아내에게 엄하게 한 소
리 해야겠다고 마음먹고"^{75쪽} 신문을 내려놓는다.

그러나 아내는 단순히 선언하는 데서 그치지 않고 어
느새 의자에서 일어나 몸에 두르고 있던 사리를 훌훌 벗
어젖히고 있었다! 기절할 듯이 놀란 람나스는 옷을 벗는
아내를 붙들고 정신 나갔느냐고 소리를 지른다. 어디 아
프냐는 남편의 질문에 카밀라는 이렇게 대답한다.

> 아프지 않아. 나는 밝힐 게 있을 뿐이야. 나는
> 행성이야. 나는 인간이었고, 여자였고, 아내이자
> 어머니였지. 나는 내게 그런 거 말고 뭔가 다른 건
> 없을까 늘 궁금했어. 이제 알았어. 행성인 게 나한테

이롭기도 해.^{76·77쪽}

　카밀라의 이 말을 읽는 순간 결혼해서 아이를 낳고 아
내이자 엄마이자 며느리로 살아가는 내 후배와 다른 여
성들, 그리고 한때 그 모든 역할을 다 잘해보려고 안간힘
을 쓰던 과거의 내가 떠올랐다. 돌이켜보면 그때 나는 그
저 아내이자 엄마였을 뿐, 인간이라고 할 수도 없었다.
나 역시 후배처럼, 카밀라처럼, 내가 누구인지 알 수 없
어서 오랫동안 괴로웠다.
　타인에 의해 규정되는 관계 속에서만 찾을 수 있는 정
체성이 아닌, 독립적으로 우뚝 설 수 있는 나의 정체성이
란 과연 어떤 것일까. 카밀라는 행성이라는 정체성을 찾
아 비로소 자유로워졌다. 카밀라 역시 다른 여성들처럼
오랜 세월 동안 가족을 뒷바라지하다가 그들의 등 뒤에
서 희미해진 자신의 진짜 모습을 알아낸 것이다. 자신은
행성이라고.

　우선 이 소설이 흥미로운 이유는 카밀라의 관점이 아
니라 남편인 람나스의 관점에서 이야기가 전개되기 때
문이다. 갑자기 자신을 행성이라고 주장하는 아내에 대
한 람나스의 생각과 태도는 때로는 혀를 차고 실소를 터
뜨리게 하지만, 대체로 분노를 유발한다. 람나스를 통해
우리는 카밀라의 지난 삶이 어떠했는지 짐작할 수 있다.
　자신은 행성이라서 옷이 필요 없다며 틈만 나면 사리

를 벗어버리는 카밀라 때문에 람나스는 외출도 하지 못
하고 아내를 감시한다. 그 과정에서 그토록 오랫동안 같
이 살았는데도 아내에 대해 아는 게 거의 없다는 사실을
깨닫는다. 아내를 달래기 위해 요리사에게 아내가 좋아
하는 음식을 만들게 하지만, 막상 그렇게 나온 음식들을
보고 낯설어하는 람나스. 그런 와중에도 자신이 무슨 잘
못을 저질러서 이런 불행을 겪는 것이냐며 신세 한탄하
기 바쁘다.

결국 그는 아내를 처리할 방법을 생각해내는 데 골몰
한다. 아내를 돌봐줄 딸이나 여자 친척이 없는 자신의 처
지를 한탄하고(분명 전에는 아들들을 낳았다고 기뻐했
을 거면서), 아내를 친정에 보낼까 하다가 그동안 다양
한 핑계를 대며 보내주지 않았다는 사실을 깨닫는다. 아
무도 몰래 보호 시설에 가둬버리고 싶지만 남들 눈이 무
섭다. 급기야는 밤마다 아내를 몰래 살해하는 방법들을
떠올리며 은밀한 쾌감에 젖는다. 이런 람나스를 통해 둘
의 결혼 생활은 세월과 관성에 의해 굳어진 형식적인 결
합에 지나지 않았음을 알 수 있다.

이야기가 진행되면서 자신은 행성이라는 카밀라의 주
장은 광인의 헛소리가 아니라 진실인 것으로 드러난다.
밤에 잠들어 있는 카밀라의 입에서 작은 곤충 인간들이
쏟아져 나와 람나스를 공격한 것이다. 밤새 고통에 시달
리던 람나스는 아침에 몸에 남은 상처 자국들을 보고 그
게 꿈이 아니라 현실이었음을 깨닫는다. 작은 거주민들

은 카밀라의 지병들을 고쳐주지만 람나스는 아프게 만든다. 이 대목에서 이 소설이 하나의 거대한 은유임을 알아차렸다. 이것이 의미하는 바는 과연 뭘까.

그 거주민들은 바로 우리에게서 샘솟는 새 아이디어, 새 생각, 새 발상, 새 철학이다. 그것은 생소해서 언뜻 보기엔 징그럽고 무서울 수 있고, 익숙해지기까지 괴로울 수 있다. 그러나 받아들이면 묵은 고통이 사라지고 편안해진다. 전통이나 관습이라는 것들이 그 묵은 고통을 만들어내 카밀라의 마음과 육체를 병들게 한 것이었다. 카밀라는 왜 그렇게 틈만 나면 옷을 훌훌 벗어 던지려 했을까. 옷 역시 카밀라를 옭아맨 기존의 사고방식, 사회적 통념, 남들의 시선에 대한 은유이기 때문이다.

카밀라가 이렇게 수많은 구속에서 벗어나 마침내 자신이 행성이라는 사실을 깨닫기까지 40년이라는 세월이 걸렸다. 카밀라의 희생을 토대로 쌓아올려진 허위의 전통과 관습 속에서 꽃길만 걸어온 람나스는 이제부터 곤충 인간들, 즉 새로운 생각과 가치관을 받아들이는 과정에서 생기는 무지막지한 고통을 받아들여야 한다. 카밀라는 자각해서 받아들인 신세계이지만, 람나스는 강제로 받아들여야 하기 때문에 고통이 더 클 수밖에 없을 것이다.

나는 부부 갈등 끝에 스스로와 아이에게 가장 좋은 삶의 형태를 찾다가 이혼이라는 결단을 내렸지만, 홀로서기의 과정은 무섭도록 무겁고 고독했다. 당시엔 왜 그렇게 힘든지 스스로도 이해할 수 없어 더 혼란스러웠다. 바라던 이혼을 했다. 프리랜서 번역가로서 어느 정도 자리를 잡았으니 돈 문제로 괴로운 것도 아니다. 아이와 나, 둘이 살아가는 우리 집은 고요하고 평화로운데 왜 이렇게 힘들고 아픈 거지?

결국 벼랑 끝에서 뛰어내리기 직전의 심정으로 받은 열 번의 상담을 통해 고통의 원인을 알게 됐다. 상담사는 명확한 답을 주는 대신, 상담자인 나의 두서없는 긴 이야기를 들어주면서 핵심적인 질문들을 던져 나 스스로 답을 찾아가도록 인도했다. 이때 나는 내가 누구인지, 어떤 사람인지, 앞으로 뭘 꿈꾸며 나아가야 할지 몰라 힘들었던 것이다. 부모나 남편이 알려주거나 결정해주는 길을 걸어가는 것이 아니라, 이제부터 나란 인간을 정면으로 마주하며 스스로 나아갈 길을 정해야 한다는 것의 무게는 생각보다 무거웠다. 그래서 잠시 길을 잃은 채 깜깜한 어둠 속에서 멈춰 서 있었다. 하지만 열 번의 상담을 마쳤을 때는 다행히 타인이 바라는 어떤 역할과 기대에도 짓눌리지 않은 채 나와의 오랜 불화를 끝낼 수 있었다. 그때부터가 진정한 홀로서기의 시작이었다.

오랜 인내와 희생의 세월 속에서 끝없이 자신을 지우다 소멸할 뻔한 카밀라가 자신이 행성이라는 사실을 알아차리고 영원한 자유를 찾은 이야기는 결국 나의 이야기이자 수많은 여자의 이야기이기도 하다. 그러나 모든 여자가 카밀라처럼, 나처럼 극단적인 여행에 나설 필요는 없다.

나와 차를 마시던 후배처럼 일을 통해 기나긴 터널 끝에서 빛을 찾을 수도 있고, 혹은 그 누구와도 관계를 맺지 않은 채 세상에서 가장 소중한 자신과의 관계를 단단히 맺어가며 생이 주는 모든 순간을 음미할 수도 있다. 생에 대한 불안을 손에 흙을 묻혀가며 식물을 키우는 일상에서 해소하는 지인이 있는가 하면, 유기견들을 입양함으로써 흔들리듯 부유하던 삶을 떠나 어딘가에 굳게 뿌리를 내린 친구도 있다. 이처럼 여자를, 남자를, 고양이를, 강아지를, 식물을, 책을, 또는 음악이나 영화나 게임이나 야구를 사랑하는 시간 속에서 우리는 자신이 어떤 사람인지 또렷이 알아가고, 그런 자신과 친해지게 된다. 내 인생에 가장 잘 들어맞는 방식으로 나와 친해지는 과정을 밟고 싶은데 어디서부터 시작해야 할지 알지 못하는 분들에겐 '아무튼' 에세이 시리즈를 추천한다. 달리기, 발레, 요가, 잠, 메모, 술 등 하나의 주제에 천착하는 이 사랑스러운 시리즈는 그야말로 각자가 세상에서 가장 사랑하는 대상에 대한 탐구 기록 아니겠는가. 탐닉하는 대상에 대한 애정이 흘러넘치는 이 시리즈를 읽다 보면 어느새 나도 이런 기록을 남겨보고 싶다는 생각이 들지도 모른다. 스스로가 어떤 사람인지 탐구하고 새로운 발상을 받아들이고 정체성을 찾는 것은 〈자신을 행성이라 생각한 여자〉에서 엿볼 수 있듯이 쉽지 않은 일이 되겠지만, 그럼에도 시도해볼 가치가 있다.

《걸 온 더 트레인(The Girl on the Train)》
폴라 호킨스 지음, 이영아 옮김, 북폴리오

답은 항상 여러 개 있다

레이첼, 애나, 메건이라는 세 여자의 시점에서 전개되는 이 소설《걸 온 더 트레인》을 5분의 1정도 읽다가 무심코 책 앞부분으로 돌아가 첫 장에 나온 연도를 확인했다. 주인공 레이첼의 첫 독백에 2013년 7월 5일이란 날짜가 기록되어 있는 것을 본 뒤 2023년 현재로부터 겨우 10년 정도 지난 과거를 배경으로 한 이야기구나, 라고 깨달으면서 동시에 남다른 감회가 들었다. 이게 무슨 말인지 궁금하시다면 좀 더 읽어보시길.

레이첼은 매일 아침 똑같은 시간에 기차를 타고 런던으로 갔다가 오후에 다시 기차를 타고 집으로 돌아온다. 그런 레이첼의 시선이 향하는 곳에는 메건이 있다. 레이첼은 금실 좋아 보이는 메건 부부에게 빠져들어 스토커처럼 집착한다. 레이첼은 멋대로 그들의 부부 생활을 상상하다가 급기야 그들에게 제이슨과 제스라는 이름을 붙여주며 이들처럼 행복했던 자신의 과거를 그리워한다.

읽다 보면 자연스럽게 몇 가지 의문이 떠오른다. 레이첼은 왜 이 커플에 집착할까? 레이첼은 왜 매일 기차를 타면서 술을 마시는 걸까? 아침부터 알코올 중독자처럼 마시는 걸 보면 뭔가 사연이 있는 듯한데. 그리고 매일 같은 시간에 런던행 열차를 타는 이유는 또 뭔가? 무엇보다 제스의 집을 바라보는 레이첼의 시선엔 단순한 호기심 이상의 감정이 서려 있는 것 같은데 과연 그것의 정체는 뭘까?

처음에는 시종일관 술에 절어 있는 주인공의 독백으로 전개되는 이 소설의 구조가 특이하다고 생각했는데 페이지를 넘기면서 차츰 드러나는 레이첼의 사연, 메건의 사연, 마지막으로 또 다른 여자 애나의 사연을 읽으면서 비로소 전체적인 그림을 볼 수 있었다. 복잡하게 얽힌 세 여자의 관계를 간단하게 정리하면 이렇다. 한때 메건의 집과 가까운 곳에 남편(이제는 전남편이 되었다) 톰과 함께 살았던 레이첼은 아이를 가지려다 실패한 뒤 우울증에 걸려 술에 의지하며 지냈다. 레이첼과 이혼한 톰은 애나와 재혼해서 레이첼과 살았던 그 집에서 살고 있다.

세 여자 레이첼, 메건, 애나를 정의하는 두 키워드는 바로 아이와 남자다. 레이첼은 불임이고, 애나는 리비를 키우며 지금 이 생활이 행복하다고 스스로를 설득한다. 메건은 10대 시절 낳은 아이를 일찍 잃었다. 이런 세 여자를 둘러싼 남자들의 상태는 좋지 않다. 톰은 숨 쉬듯 거짓말을 하고, 메건의 남편 스콧은 아내를 정신적으로 통

제하려 하고, 메건의 심리 상담사 카말은 직업 윤리를 저
버린다. 레이첼의 독백에서 이들의 문제가 정확하게 표
현된다.

> 난 사람을 잃고 술을 마셨고 술을 마시고 사람을
> 잃었다. 내 일을(레이첼은 광고업계에서 일했다)
> 좋아하긴 했지만, 그리 잘나가지는 못했다. 설마
> 잘나갔다 한들, 여자로서는 아니었다. 솔직히 말해
> 여자가 가치를 인정받는 기준은 딱 두 가지다. 외모와
> 엄마로서의 역할. 미인도 아니고 아이도 가질 수 없는
> 난 그럼 뭘까? 쓸모없는 인간.[118쪽]

애나 역시 비슷한 생각을 품고 있다. 결혼 전 화려한
미모를 자랑하는 유능한 부동산 중개업자였던 그는 지
금은 아이를 키우고 사랑하는 남자와 살고 있으니 행복
하다고 애써 자부한다. 메건 역시 마찬가지다. 그는 아이
를 두려워하고, 하는 일 없이 남편만 바라보는 생활을 끔
찍해한다. 자신의 인생에는 출구가 없다며 괴로워한다.
'미인도 아니고 아이도 가질 수 없으니 나는 쓸모없는
인간'이라는 레이첼의 사고방식은 지금으로선 도통 이
해할 수 없지만, 이 소설의 시간적 배경인 10년 전만 해
도 그리 터무니없는 소리가 아니었다. 그래서 이들의 이
야기를 읽으며 답답함을 느끼는 한편 고개가 끄덕여졌
다. 2,30년 전만 해도 대다수 사람이 이렇게 생각했고, 나

도 그런 시대를 거쳐 왔으니까. 내가 나이 서른에 허겁지겁 결혼을 하게 된 배경에는 이런 사회적 압력도 있었다. 나는 대학을 다니다가 어학연수를 다녀온 뒤 이런저런 사정 때문에 동기들보다 2년 늦게 대학을 졸업했다. 그 후 학원 강사로 일하면서 대학원 입학 준비를 하고 있는데 갑자기 서른이라는 나이가 코앞에 닥쳤다. 주위를 둘러보니 다 결혼하고 나만 혼자였다.

모아놓은 돈도 없는데 이러다 혼기마저 놓치고 혼자 늙어 죽는 게 아닌가 싶어 더럭 겁이 났다. 지금으로선 믿기지 않겠지만, 당시 통계를 보면 내 연령대 결혼률이 거의 90퍼센트에 달했다. 결국 나는 성급하게 결혼했다가 이혼이라는 대가를 치렀다. 여자는 나이가 차면 결혼해서 아이를 낳고 살아야 사람 구실을 한다는 사회적 압력과 분위기에 별 의문을 품지 않고 순응한 결과였다.

과거에 비하면 요즘은 여자가 결혼하지 않을 자유, 혼자서 자신의 삶과 미래를 결정하며 살아갈 자유가 있다. 이를 떠올릴 때마다 뒤늦게나마 홀가분해지곤 한다. 여자는 결혼해서 아이를 낳거나, 나이에 상관없이 남자들의 시선을 끄는 매력이 있어야만 그 존재 가치를 증명받는다는, 이 말도 안 되는 명제는 이미 효력을 다했다. 내 주위에 있는 수많은 친구, 제자, 후배 들이 비혼주의자로서 자신의 능력을 발휘하며 다양하고 소소한 '덕질'을 통해 즐겁게 살아가고 있다. 내 힘으로 나를 먹여 살리며 재미있게 살아가면 그만인 인생. 아무도 이런 나에게 뭐라

할 수 없고, 해서도 안 된다. 참으로 당연하고도 반가운 변화가 아닐 수 없다. 나는 하나밖에 없는 딸에게도 원하면 결혼하지 않고 혼자 살아도 좋다고 기회가 있을 때마다 열심히 이야기해준다. 딸의 반응은 시큰둥하지만.

그렇다면 이렇게 남자와 아이에게만 매달려 살아가는 여자들의 이야기는 요즘 시대를 살아가는 우리와 아무 상관이 없다고, 정치적으로 올바르지 않은 쓰레기 같은 작품이라고 던져버려야 할까? 그렇지 않다. 여자라면 아름다워야 한다는 교묘한 사회적 압력에서 벗어나 스스로를 위한 삶을 살아가는 여성이 늘고 있지만, 여성에게 가해지는 그런 압박 자체가 완전히 사라진 건 아니다. 면접 조건에서 용모단정이라는 항목이 삭제됐다고 해서 면접관들의 의식 속에서도 사라진 건 아니니까.

출산과 관련해서도 마찬가지다. 여성을 주체성을 지닌 한 인간으로 보기보다는 아이를 낳을 수 있는 몸으로만 보는 고루한 생각의 흔적이 아직도 도처에 남아 있다. 근래에 많은 비판을 받았던 모 우유회사 광고도 그 증거 중 하나이고. 기록적인 고령화와 인구 소멸 현상 앞에서 아이를 낳지 않는 여자들을 주범이라고 탓하는 촌스러운 사고방식도 지겹게 남아 있다. 그렇기에 남자와 아이에 집착해 빠르게 파멸해가는 이 소설 속 세 여자의 이야기를 읽음으로써 어떻게 하면 여성이 온전히 자신을 지키며 스스로를 위한 삶을 살아갈 수 있을지 다시 한

번 생각해볼 수 있을 것이다. 세상을 바라보는 가치를 아이나 남자를 통해 찾는 건 결국 타인에게서 답을 찾는 것이고, 그런 손쉬운 해답은 언제나 독을 품고 있는 법이니까.

나는 번역이라는 일과 글쓰기를 통해 나를 일으켜 세우기 시작했다. 그렇게 일으켜 세운 나는 오랜 세월 동안 비틀거렸지만 마침내 스스로의 길을 뚜벅뚜벅 걸어갈 수 있게 됐다. 나의 경우는 일이 하나의 답이 되었던 것이다. 그러나 그게 유일한 답은 아닐 것이다.

세상에 답이 하나만 있는 게 아님을 의식하는 것. 이런 생각을 가져야 비로소 문제를 새로운 각도에서 바라볼 수 있다. 《걸 온 더 트레인》에 등장한 세 여자를 예로 들어보자. 메건은 남편이 직장에 가 있는 동안 뭔가 할 일을 찾으려 하지만, 사진 촬영이나 요리를 배우는 건 무의미하며 진짜 현실을 사는 게 아니라 그런 척하고 있는 것일 뿐이라고 생각한다. 이렇게 남편을 기다리는 것, 남자가 집에 돌아와 사랑해주기를 기다리는 것밖에는 할 일이 없는, 그저 한 아내로 살아가는 건 감옥에 갇혀 있는 것과 같다고 생각하면서도 결국 문제를 해결하기 위해 찾아간 남자 상담사를 유혹하고 만다. 오래전에 생긴 내면의 상처, 즉 자신의 실수로 아이가 사망한 과거를 직시하지 못해서 또다시 현실에서 도망친 것이다.

애나는 어떤가. 애나는 아이를 키우는 것보다 더 중요한 일은 없다고 생각하고 딱히 부동산 중개업을 그리워

48

하진 않는다. 다만 자신이 하는 육아와 살림이란 일에 값
어치가 매겨지지 않는다는 점을 곤란하게 여긴다. 매일
아기를 돌보느라 세수도 못 한 채 피곤에 절어 있는 자
신을 보며 예전처럼 원피스를 입고 화장을 한 모습으로
거리에서 남자들의 시선을 받고 싶어 하기도 한다. 그래
서 한 남자의 아내이자 어린 딸의 엄마라는 현실에 갑갑
해한다.

레이첼도 하나의 답에 매달릴 수밖에 없는 처지에 놓
여 있었다는 점에서 이들과 다를 바 없다. 레이첼은 톰과
부부였을 때 아이를 가지려고 무진 애를 썼지만 결국 실
패했고 그로 인해 끊임없이 고통받았다. 레이첼 주위에
는 항상 임신해서 아이를 낳는 친구들과 친구들의 친구
들이 있었고, 임신, 출산, 돌잔치라는 이벤트가 사방에서
일어났다. 레이첼은 남들에게서 아이를 가지는 방법과
관련해 폭력적인 간섭에 시달렸고, 남편 톰의 가스라이
팅과 폭력을 겪다가 이혼까지 당했다.

세 여자는 모두 임신, 출산, 육아의 고통과 짐을 파트너
들과 나누어 짊어지지 못한 채 각자만의 방식으로 망가
지고 있었다. 이는 그들이 살아가는 사회가 만들어낸 문
제였고, 거기에 길들여진 세 여자는 누구도 정교하게 목
을 조이는 시스템에 꺼지라고 외치며 자리를 박차고 나
가지 못했다. 자신을 부당하게 압박하는 시스템에 의문
자체도 제기하지 못했던 것이다.

하지만 지금 이 소설을 읽는 우리는 그런 질문을 던질

수 있다. 그런 의문을 소리 내어 말할 수 있다. 그리고 우리 안에 자리 잡고 있는 기존 가치와 정해진 답에 반기를 들고 새로운 시선으로 우리가 사는 세상을 바라볼 수 있다. 이것이야말로 소설 읽기의 진정한 장점이 아닐까. 지금 여기가 아닌 소설 속 세상으로 들어가 등장인물이 겪는 부당한 고통과 압박을 제3자의 시선으로 살펴보고 해결책을 도모하는 것. 《걸 온 더 트레인》은 반면교사로 삼기에 부족함이 없다.

《나는 너를 본다(I See You)》
클레어 맥킨토시 지음, 공민희 옮김, 나무의철학

영리하며 치밀한 여성들로
대체되고 있는 세계

단지 남성인 것이 문제는 아니었다. 이 오만한 남자는
눈길로 나를 소유하려고 했다. 단순히 남성이라서
불안한 것 이상이었다. ^{189쪽}

지하철 출근길에 우연히 눈이 마주친 남자. 이상할 정
도로 자신만만하게 자신을 계속 바라보는 낯선 남자의
시선에 불안해진 조 워커의 독백에 순간 섬뜩해졌다. 조
가 하는 말이 정확히 무슨 의미인지 아주 잘 알고 있기
때문에. 지극히 절절하게 공감했기 때문에.

노골적인 시선으로 나를 소유하려 드는 남자. 나를 몰
래 관찰하고, 주시하고, 그러다 해치려 드는 남자의 시선.
이런 시선의 공격에서 자유로울 수 있는 여성이 세상에
몇이나 될까. 나도 비슷한 경험을 겪은 적이 있다.

그날도 여느 때와 다를 바 없는 하루였다. 친구와 만나

저녁을 먹고 지하철을 타고 집 근처 역에서 내려 걸어갔다. 역에서 집까지는 걸어서 10분 정도. 환한 가로등이 군데군데 서 있는, 골목길도 아닌 대로를 걸어가는데 누군가가 뒤에서 말을 걸어왔다. 돌아보니 내 또래로 보이는 20대 중반 남자가 양복을 깔끔하게 입고 서 있었다.

혹시 '도를 아십니까' 부류가 아닐까 싶었지만 자신이 다니는 회사 이름까지 밝히며 자기소개를 하는 그가 나쁜 사람처럼 보이진 않아서 잠깐 길거리에 서서 이야기를 나누다 헤어졌는데…… 문제는 그 후에 일어났다. 그는 매일 내가 귀가하는 시간에 그 자리를 지키고 있다가 따라왔고, 한번은 어두운 골목길로 끌고 가려 해서 간신히 도망쳤다. 너무 무서워서 한동안 귀가 시간과 퇴근길 경로를 바꾸며 그 남자를 피해 다니느라 고생깨나 했다. 그래서 이 소설의 표지에 적힌 제목을 본 순간 그때 기억이 떠올라 소름이 돋았다.

주인공 조 워커는 10대에 임신해서 결혼한 뒤 아이 둘을 낳고 살다가 이혼하고 싱글맘으로 살아왔다. 어느덧 성인이 된 두 아이와 조보다 열 살 많은 남자친구 사이먼도 한 집에 같이 살고 있다. 부동산 중개 회사에서 일하는 조는 어느 날 우연히 신문《런던 가제트》에 실린 데이트 주선 사이트 광고 속 자신의 사진을 발견하고 소스라치게 놀란다. 그 후 매일 광고에 새로 실리는 여성들의 사진을 살펴보다가 어느 날 그중 한 명이 범죄 사건의 피해자로 뜬 뉴스를 접하고 경찰에 신고한다. 하지만 식구들과 마찬가지로 그의 말을 진지하게 받아들이는 경찰은 없었다. 교통과에 있는 켈리만 빼고.

누구든 소셜 미디어를 통해 타인의 얼굴과 사생활을 무서울 만큼 쉽게 엿보고, 훔치고, 빼앗을 수 있는 현대 사회의 문제점을 적나라하게 묘사한 이 소설을 읽는 것은 지독한 공포였다. 거기다 한 술 더 떠 누군가가 도촬한 사진과 훔친 프로필을 데이트 주선 사이트에 올리면 익명의 남성들이 돈을 내고 보면서 내 취향이야, 내 입맛에 맞네, 라고 여성을 상품처럼 품평하며 다운받고, 그렇게 얻은 신상과 규칙적인 일상과 구체적인 출퇴근 경로 정보를 이용해 여자들을 사냥하기 시작한 무서운 이야기.

이건 단순한 스릴러 소설 줄거리가 아니라 현실에서 일어나고 있는 일처럼 느껴졌다. 상상을 초월하는 잔인하고 끔찍한 괴물이나 엽기적인 사이코패스는 나오지 않지만 그래서 더 소름 끼치는 것이다. 작중에서 익명의 범인은 대체 누가 이런 사이트에 들어와 여자들의 프로필을 다운받을 것 같으냐고 물어본 뒤 이렇게 덧붙인다.

당신의 친구, 아버지, 형제, 친한 친구, 이웃,
상사들이지. 당신이 일상에서 늘 마주하는
사람들이야. 직장과 집에서 만날 수 있는 사람들.[294쪽]

이 대답을 읽는 순간 심장이 멎을 뻔했다. 작가 클레어

가 생각해낸 가상의 범죄지만 현실에서 일어날 가능성
과 개연성이 너무 커서 읽는 내내, 누군가가 이 소설을
읽고 신종 범죄 아이디어를 발견하는 일이 없었으면, 하
고 바라기까지 했다. 하나 현실의 상상력은 예술의 그것
을 뛰어넘는 법. 우리나라에는 이미 N번방이라는 이름
으로 알려진 성범죄 사건이 있지 않은가. 그 악몽은 끝나
기는커녕 제2의 N번방 사태까지 보도되었다. 이쯤 되면
여자로서 절망하고 또 절망했다고 말하기도 지친다.

  어둡고 끔찍한 여성 대상 범죄가 저질러지는 이 소설
에는 켈리라는 주목할 만한 인물이 등장한다. 그의 쌍둥
이 동생은 스토킹을 당하고 있다고 경찰에 호소했지만
끝내 성폭행을 당했다. 이 비극적인 사건으로 인해 켈리
는 피해자를 보호하는 데 유달리 강한 의지를 보인다. 자
신의 개인 시간까지 투입해가며 지하철에서 소매치기당
한 여성을 적극적으로 돕기도 하는 그는 아무도 관심을
두지 않는 조 워커의 신고를 진짜라고 믿고 조와 함께
이 사건을 추적한다. 두 여성의 연대 덕분에 범인을 찾는
포위망이 좁혀질 수 있었다.
  이 소설을 읽으며 나는 평소와는 조금 다른 경험을 했
다. 스릴러 소설을 읽을 때면 항상 범인을 찾기 위해 골몰
했는데, 이번에는 어떻게 하면 이런 범죄의 희생자가 되
지 않을 수 있는가, 라는 고민을 하며 읽고 있었던 것이
다. 물론 이런 스릴러 소설에서 자주 그렇듯이, 이 작품의

범인도 주인공에게 아주 낯선 인물이 아니었다. 왜 이런 이야기의 범인은 대체로 주인공과 가까운 인물일까.

짐작해보면 여러 이유가 있을 것 같다. 우선, 작가의 입장에서는 그래야 이야기를 쓰기 쉽지 않을까. 독자가 추리 일부에 동참하는 스릴러 소설에서는 어느 정도 사전에 밑밥, 그러니까 단서를 뿌려놔야 공정한 게임이 된다. 갑자기 듣도 보도 못한 사람이 짠 하고 나타나서 범인이라고 하면 게임의 재미가 사라지는 것이다. 피해자의 주위를 떠돌며 은밀히 범죄를 저지르는 주변 인물의 서사를 쌓아나가면 결말에서 카타르시스를 끌어내며 강렬한 인상을 남길 수 있을 테다.

그리고 그게 좀 더 현실적이기 때문이라는 것이 두 번째 이유이다. 여성이 당하는 구타, 성폭력, 살해 사건의 범인은 대부분 남자친구, 남편, 직장 동료, 학교 동창 등의 주변인인 경우가 많다. 2022년 '한국여성의전화'가 언론에 나온 여성 대상 범죄 사건들을 분석한 후 발표한 〈2021년 분노의 게이지: 언론 보도를 통해 본 친밀한 관계의 남성에 의한 여성살해 분석〉 보고서를 보면 2021년 한 해 동안 최소 83명의 여성이 살해되었고, 177명이 가까스로 살아남았다고 한다. 1.4일에 한 명꼴로 피해를 입은 여성이 있었다는 것이다. 2022년 신당동 여성 역무원 살인 사건도 또 다른 비극적 예다.

이렇게 숫자로 입증된 사실이 있기에, 여성들이 사냥 당하는 이야기가 나오는 이 작품과 다른 류의 스릴러 소설 사이에는 꽤 큰 온도차가 있을 수밖에 없다. 나는 절대 이런 끔찍한 일은 당하지 않을 거야, 라고 생각하며 안전한 나의 공간에서 페이지를 넘기는 사치를 만끽할 수 있는 다른 작품들과 달리,《나는 너를 본다》에서 일어나는 일은 지금 이 순간 나도 당할 수 있을 것 같아 두렵다. 이를테면 이런 구절이 있다.

> 우리는 모두 습관의 동물이야. 당신도 다르지 않지. 당신은 매일 아침 같은 코트를 걸치고 같은 시간에 집을 나서. 버스나 지하철에서도 선호하는 좌석이 있어. (중략) 반복되는 일상은 편할 거야. 친숙하고 안정적이겠지. 안심하게 만들겠지. 하지만 그런 일상이 당신을 해칠 수도 있어.[69쪽]

내가 스스로를 지키기 위해 찾은 방법은 씁쓸하게도 지극히 방어적이고 수동적인 것이다. 바로 소셜 미디어에 내 사생활과 개인 정보를 가급적 덜 유출한다는 방법이다. 그래서 일하고 있는 장소의 사진을 게시할 때도 가능하면 위치를 노출하지 않고, 집 안을 찍은 사진을 올릴 때도 절대 이전 사진과 비슷한 각도의 사진이나 구체적인 정보를 유추할 수 있는 사진은 피하려고 주의한다. 이것이 단순한 강박 행동이 아니라 지극히 현실적인 예방책인 이유는 2022년 12월《한겨레》이우연·장나래 기자가 보도한 여성 BJ 스토킹 사건에서 찾아볼 수 있다. 여성 BJ들이 진행하는 방송에 나온 단서들을 보고 남성 스토커들이 집까지 찾아와 문을 두드리거나 심지어 침입하는 사건이 지금도 벌어지고 있다.〈보호막 없는 BJ들… 스토킹 넘어 성폭행·가족살해로〉 2022. 12. 21.

하지만 두려운 와중에도 희망을 엿볼 수 있는 까닭은 이제 여성이 이름도, 얼굴도 없이 무기력한 희생자로 나와 잔인한 살인마에게 끌려다니다가 목숨을 잃는 소설, 드라마, 영화가 점점 사라지고, 강력하고 영리하며 치밀한 여성들이 맞서 싸우는 이야기들이 그 빈자리를 채워가고 있기 때문이다. 가장 대표적인 인물로는 스웨덴 작가 스티그 라르손이 쓴 '밀레니엄' 시리즈의 주인공 리스베트 살란데르를 꼽을 수 있겠다. 매력적인 악동 삐삐가 모델이 되어 탄생한 리스베트 살란데르는 체구는 왜소하지만 천재적인 두뇌와 깡을 이용해 자신을 잔인하게 강간한 법적 후견인에게 통쾌한 복수를 하고, 여성들을 학대하는 나쁜 놈들을 혼내준다. 한국 작가 이두온이 쓴 소설 《시스터》에서는 추악한 어른들의 범죄를 파헤치며 실종된 동생의 행방을 좇는 언니가 주인공으로 나온다. 이처럼 소설과 현실은 몸속의 장기들처럼 서로 단단하게 얽혀 있다고 보기에, 이런 강인하고 매력적인 여자 주인공들의 이야기를 읽는 현실의 우리도 앞으로 더 강력한 목소리와 힘과 용기를 가질 수 있을 것이다. 여성에 대한 모든 폭력에 반대하는 목소리와 힘과 용기를.

《디 아더 미세스(The Other Mrs.)》
메리 쿠비카 지음, 신솔잎 옮김, 해피북스투유

일기를 쓰면 모두 덜 미친다

평소 페이스북을 즐겨 한다. 일하다 머리 아플 때 접속해 별거 아닌 이야기를 시시콜콜 써놓고 페이스북 친구들과 댓글을 주고받으면서 가벼운 장난도 치고 깔깔 웃으며 스트레스를 푼다. 소셜 미디어를 수다방으로 쓰고 있는 셈이라 할까. 이번 만우절에는 페이스북에서 자신의 프로필 사진을 하루 동안 바꾸는 장난이 유행했다.

주로 유명인사들, 그러니까 연예인이나 누가 봐도 알만한 정치가나 재벌 사진을 자신의 프로필 사진으로 걸어놓은 것이다. 어지간하면 그런 유행에 휩쓸리지 않는 나도 어쩐지 이번에는 동참하고 싶어서 좋아하는 배우 한소희가 혀를 쏙 내밀고 있는 장난기 어린 사진을 게시했다.

그러고 나서 며칠 동안 아무 생각 없이 지냈는데, 어느 날 어떤 페이스북 친구가 올린 글에 댓글을 달자 그 밑에 다시 이런 댓글이 달렸다. "한소희 사진을 쓰시니까 아닌 걸 알면서도 어쩐지 한소희 본인이 달아준 것처럼 가슴이 설레요." 처음엔 "그래요? 하하하" 하고 웃고 말았는데. 여러 사람이 그런 비슷한 댓글을 달자 묘하게 우쭐해지면서 프로필 사진을 바꾸기 싫어졌다. 가상의 미모, 그것도 내 것이 아닌 엄연히 남의 미모인데다 허구의 권력이었지만 내놓기 싫어진 것이다.

그래서 페이스북에 이 에피소드를 게시하면서 다음 생엔 절세미녀로 태어나 양다리, 세 다리, 아니, 아예 문어발로 온갖 남심과 여심을 후리며 어장관리를 하고, 사람들의 마음을 쥐락펴락하면서 마음껏 놀아보고 싶다고 적었다. 웃자고 한 이야기였으나 조금은 진심을 담아 썼다. 그 글에 많은 사람이 자신도 그렇다면서 적극적으로 호응했고, 각자 되고 싶은 배우의 이름을 써가며 또 한동안 즐거운 수다를 떨었다.

그런데 이 글을 올리고 나서 며칠 후에 친한 후배 하나가 이런 댓글을 달았다. "언니는 얼굴은 팜 파탈이지만 마음은 유교걸이에요!" 이 댓글을 보자마자 빵 터진 한편 마음속에서 이런 반발이 일었다. '나도 사실은 팜 파탈로 살고 싶어! 유교걸은 지루하고 지겹잖아. 나도 한 번쯤은 내 맘대로 살아보고 싶다고!' 물론 현실의 나는 유교걸이라는 족쇄에서 영영 해방될 수 없겠지만.

그러다가 메리 쿠비카가 쓴 소설 《디 아더 미세스》를 만났다. 스릴러 소설을 오랫동안 읽고 번역하다 보면 작품 초반부를 읽다가 범인의 윤곽이 확연히 그려질 때가 있다. 정말 맥이 탁 풀리는 일이지 않을 수 없다. 스릴러 소설이나 추리 소설의 큰 재미 중 하나는 범인의 정체를 추리해서 맞추는 것 아니겠는가. 물론 이렇게 거만 떨다가 마지막에 범인이 전혀 엉뚱한 사람으로 밝혀져 제대로 한 방 맞는 것도 이런 소설을 읽는 묘미이긴 하다만. 유감스럽게도 이 소설의 범인은 내가 생각한 바로 그 사람이었다.

그러나 그렇게 분석하고 추리하는 재미를 포기하고 읽어봤더니 다른 각도에서 이 작품의 또 다른 의미를 캐어올릴 수 있었다. 앞서 언급했던 팜 파탈과 유교걸이란 두 자아와 관련이 있다. 잠깐 소설 내용에 대해 간단히 소개하면 이렇다. 유능한 의사 세이디에겐 바쁜 그를 대신해 살림과 육아를 도맡은 대학교수 남편 윌이 있고, 둘 사이엔 오토와 테이트라는 자식이 있다. 윌의 누나 앨리스가 난치병을 비관해 자살하자, 이 가족은 앨리스가 남긴 집과 열여섯 살짜리 조카 이모젠을 돌보러 작은 섬에 이사 온다.

세이디는 외과의사답게 합리적이고 냉철한 사람이지만 남편의 외도 전력 때문에 괴로워한다. 미남인 윌은 살림도 잘하고 아이들을 잘 키운다. 여자 문제만 빼면 완벽한 남편으로, 어쩐지 정신이 불안해 보이는 아내 세이디를 잘 다독이는 다정한 면도 있다.

그런 부부 주위를 카밀이라는 의문의 여성이 떠돈다. 카밀은 모든 면에서 세이디와 정반대인 인물로, 윌과의

사랑에 인생을 걸고 그의 사랑을 쟁취하기 위해 폭주한
다. 그 과정에서 윤리, 책임감, 일상적인 의무 따위에는
눈길도 주지 않고 마음 내키는 대로 사는 마성의 여자다.
이 작품은 세이디와 카밀과 마우스라는 소녀, 이렇게 세
사람의 독백이 번갈아 나오며 전개되는데, 나는 각 인물
들의 이야기를 읽다가 문득 이런 생각이 들었다. 사실 우
리 마음속에는 세이디와 카밀, 두 사람 다 있는 것이 아
닐까, 라고.

평소 우리는 세이디다. 아무리 소금에 절인 배추처럼
피곤해도, 아무리 5분만 더 침대에서 뒹굴거리고 싶어도
벌떡 일어나 하루를 시작해야 한다. 때론 소리를 버럭 지
르고 싶은 일이 생겨도 마음속에 꾹꾹 눌러 담고, 가까운
사람들에게 얼굴을 붉히지 않기 위해 초인적인 노력을
기울이고, 먹고산다는 지난한 문제를 어떻게 해서든 해
결하고, 약속을 지키고 법을 준수해야 한다. 세금도 내
고, 대출 이자도 갚아야 하고, 무엇보다 홧김에 나를 위
한 선물이랍시고 충동 구매한 물건의 카드값을 메꾸기
위해 억지로 만들어낸 사회적인 얼굴을 세상에 내보이
며 꾸역꾸역 살아야 한다.

그런 한편 우리는 카밀이고 싶다. 출근 걱정 없이 종일
침대에 누워 빈둥거리고, 좋아하는 사람이 생기면 그에
게 임자가 있건 없건 지구 끝까지 쫓아가고 싶다. 나한테
재수 없이 구는 사람에겐 무슨 수를 써서라도 본때를 보
여주고, 다음 날은 생각하지 않은 채 필름이 끊길 때까지

술을 마시거나 놀고 싶은 욕망. 갚을 방법 따윈 나 몰라라 하며 한도 초과될 때까지 카드를 그어버리고 싶은 욕망. 카밀은 우리의 그런 은밀한 욕망을 대신 시원하게 실행해주는 인물이다. 그래서 우리는 하루나 이틀 혹은 일주일 정도는 카밀로 살고 싶어 한다. 적어도 나는 그랬다.

우리 안에 세이디도 있고 카밀도 있다는 사실을 인식하고 적당한 선에서 둘을 화해시켜 그 욕망을 적당히 풀어주기도, 잠그기도 해야 마음의 평화를 유지하며 살 수 있는데, 소설 속 세이디와 카밀은 그렇지 못해서 끔찍한 사건이 발생한다. 세이디와 카밀의 폭주 그리고 어린 마우스의 처참한 불행을 보면서 우리는 내면에 있는 여러 개의 나, 여러 자아를 제대로 직면하고 있나, 라는 의문이 들었다. 살아가는 것은 나를 알아가는 과정이라는 말도 있는데, 그런 건 어떻게 알아가는 걸까?

내 경우를 소개하자면, 나는 스스로를 알아가기 위한 방법 중 하나로 일기를 쓴다. 누군가에게 화가 났거나, 남에게 차마 말할 수 없는 굴욕적인 일을 당했거나, 이런저런 걱정에 시달릴 때 혼자만 보는 일기장에 그 일들에 대해 적는다. 나를 열받게 한 사람을 욕하기도 하고, 그날 당한 일이 왜 그렇게 치욕적이었는지 토씨 하나 빼놓지 않고 적나라하게 쓰기도 하고, 기쁜 일이 생겼을 때는 얼마나 기뻤는지 솔직하게 쓴다. 쓰고 나면 마치 일주일 동안 시달리던 변비가 해결된 것처럼 시원하다.

그렇게 일기장에 쏟아부은 내 마음을 며칠 지나 읽어

보면 어찌나 얼굴이 화끈거리는지. 그러나 나의 수치스
럽고 은밀한 비밀은 그 속에 안전하게 보관돼 있다. 내가
쉰이 넘은 나이에도 일기를 쓴다고 하면 놀라는 사람들
이 종종 있어서 내가 일기 쓰는 방식을 잠깐 설명할까
한다. 혹시라도 이 글을 읽은 분 중 흥미가 생기면 한번
나처럼 일기를 써보시길 추천드린다. 초등학생 때 담임
선생님께 검사받으려고 억지로 일기를 썼을 때 느꼈던
것과는 비교할 수 없는 맛을 느끼실 수 있다.

  우선 나는 여러 개의 일기를 쓴다. 가장 중요하게 생각
하는 일기장은 4년 전에 한 출판사에서 만든 10년 일기
장. 이 일기장을 펼치면 왼쪽 장에 5년, 오른쪽 장에 5년
이 표시되어 있고, 하루에 할당된 한 칸마다 네 줄이 그
어져 있다. 나는 글씨를 크게 써서 하루에 세 줄 정도를
채운다. 처음에는 이 네 줄에 뭘 쓸 수 있겠어, 싶었는데
4년 동안 쓰다 보니 쓰고 싶은 이야기가 한 줄도 없는 날
이 종종 있어서 쓸쓸해질 때도 있었다. 하지만 매일 일기
를 쓸 때마다 지난 4년 동안 그해의 오늘 무슨 일이 있었
는지 알게 되는 재미가 있다. 나는 이 일기장에 하루를
기록할 때 아끼는 연두색 사파리 만년필을 사용하는데,
가끔 아주 특별하게 좋은 일이 있을 때는 선물받은 로즈
핑크색 사파리 만년필로 그 좋은 일에 대해 적기도 한다.
그 펜에는 파란 잉크를 넣어놔서 몇 년 후에 보더라도
'이날은 특별했구나'라고 한눈에 알 수 있다.

  내 두 번째 일기는 페이스북 일기다. 남들이 다 보는

일기장이나 마찬가지인 이곳에는 그날 특별히 쓰고 싶은 사건, 갑자기 떠오른 재미있는 아이디어, 전날 봤던 영화나 드라마 등에 대해 수다를 떤다. 세 번째 일기는 메모 애플리케이션인 에버노트에 쓰는 일기다. 10년 일기장에는 그야말로 10년 동안 잘 정리해 기억해두고 싶은 그날의 빅 이벤트에 대해 쓰고, 페이스북에는 시시콜콜한 일상에 대해 쓴다면, 에버노트에는 아무에게도 보여주고 싶지 않은 돈 걱정, 우울한 일상, 자식이나 친구나 지인에 대한 가벼운 투덜거림, 일하면서 당했던 굴욕 등에 대해 쓴다. 그렇게 아무에게도 털어놓을 수 없는 이야기를 에버노트에 쓰다 보면 어느새 저조했던 기분이 나아지곤 한다.

　참고로 각각의 일기를 쓰는 때에 대해 설명하자면, 페이스북과 에버노트에는 생각나는 것들을 쓰고 싶을 때마다 쓴다. 그리고 매일 잠들기 전에 10년 일기장에 하루를 정리한다. 마음에 쌓이는 우울, 분노, 절망, 나에 대한 실망, 굴욕, 배신감 등을 흐르는 물에 흘려보내듯 종이에 흘려버리는 것이다. 한편, 페이스북에는 남이 읽을 것을 감안해 적절히 수위를 조절한 일기를 수시로 쓰다 보면 그때그때의 복잡했던 마음이 조금은 정리되고, 그래도 마음이 까끌까끌할 때에는 에버노트에 쓰면서 지질하고 옹졸하고 유치한 마음을 노골적으로 내 자신에게 까발린다.

　나중에 이 여러 종류의 일기들을 다시 읽어보면 픽 웃

음이 터지며 스스로를 토닥이게 된다. 특히 부모나 교사나 어른들에게 알게 모르게 착한 아이로 살아가길 강요당했던 분들도 이렇게 일기를 써보시길 바란다. 인간은 원래 사소한 것 때문에 마음을 다치고, 유치한 것에 분노한다. 그런 마음을 자각하고 자신을 위로하고, 거기서 한 발 더 나아가 거리를 두고 지켜보면서 마음이 흘러가는 방향을 아주 미세하게 조정할 수 있는 방법으로 일기 쓰기보다 더 좋은 방법을 상상할 수 없다. 다만, 아무래도 온라인 일기보다는 종이에 쓰는 일기를 더욱 추천한다. 그리고 종이 일기장은 아무도 짐작할 수 없는 기상천외한 곳에 숨길 것!

《스위트홈 살인사건(Home Sweet Homicide)》
크레이그 라이스 지음, 백길선 옮김, 동서문화사

고단한 삶을 위로해주는
그들은 명탐정

소설 번역을 하다 보면 무의식중에 등장인물 중 가장 나와 닮았다고 느끼거나 혹은 닮고 싶은 인물에 감정 이입한다. 그 몰입 정도가 심해지면 어느 순간 극 중 인물과 내가 혼연일체가 되어 그가 웃으면 나도 웃고, 그가 울면 나도 웃고, 그가 고통받으면 나도 고통을 느끼게 된다.

그런 맥락에서 소설 번역가는 대본을 받아 연기하는 연기자와 비슷한 면이 있다고 생각한다. '역할에 빙의했다'는 표현은 연기자뿐만 아니라 번역가에게도 해당할 수 있지 않을까. 덕분에 유난히 무섭거나, 잔인하거나, 슬픈 내용의 소설을 번역할 때면 거기에 빠져든 나도 같이 공포에 떨거나 잔인함에 경악하거나 슬픔에 눈시울을 적시게 된다.

탐정이 주인공인 어느 소설을 번역했을 때의 일인데, 어린 시절의 연쇄 살인마가 읽기만 해도 구토가 나올 정도로 옆집 고양이를 잔인하게 학대하다가 죽이는 장면이 나왔다. 마침 그때 나는 지극히 사랑스러운 한 살짜리 고양이를 키우고 있어서(지금 그 고양이는 아홉 살 어르신이 됐다) 그 고문을 자세히 묘사한 단어 하나하나를 번역할 때마다 마치 내 피부가 벗겨지는 듯한 고통을 느꼈다. 이것은 허구일 뿐이며 현실에선 일어나지 않은 일이라는 사실임을 알아도 고통은 가시지 않았다.

'녹터널 애니멀스'라는 제목으로 영화화된 걸작 스릴러 소설 《토니와 수잔》도 정말이지 처절한 공포 속에서 한국어로 옮겼다. 주인공의 아내와 딸이 악당들에게 끌려가 성폭행을 당하고 처참하게 살해된 시체로 발견된 이야기를 자판으로 치다 손가락이 떨려서 몇 번이나 멈추고 심호흡을 하기도 했다.

그 후 사람들이 내가 《토니와 수잔》을 번역한 것을 알고 그 책이 너무 좋았다고, 감동적이었다고 말하면 그저 쓴웃음을 짓기만 했다. 감동에 젖어 있는 독자들에게 그 끔찍한 이야기를 옮기면서 겪었던 심적 고통에 대해 토로하는 건 전문가답지 못한 짓이니까.

이처럼 번역하는 작품이나 잔인한 설정에 과다 몰입해서 감정적 피해자를 자초하는 나에게 《스위트홈 살인 사건》은 가볍고 보드라운 산들바람 같은 추리 소설이었다. 줄거리는 비교적 간단하다. 전직 신문기자였던 마리안 카스테어즈는 남편이 병으로 세상을 떠난 후 열 살인 막내아들 아치, 열두 살인 둘째 딸 에이프릴, 열네 살인

장녀 다이나, 이렇게 세 아이를 키우며 추리 소설을 써서 먹고산다.

엄마이자 작가인 마리안은 지극히 전형적인 일 중독자이다. 집안일은 대체로 아이들에게 맡겨둔 채 종일 2층 서재 책상 앞에 앉아, 쉴 새 없이 담배를 피우고 아이들이 가져다주는 커피나 토스트를 먹으며 소설을 쓴다. 그렇게 미친 듯이 일하지 않으면 하루가 다르게 부쩍부쩍 크는 세 아이를 먹여 살릴 수 없으니까.

그러던 어느 날, 조용한 교외 주택가에서 두 방의 총성이 울린 후 마리안네 옆집에 사는 플로라 샌포드 부인이 시체로 발견되는 사건이 벌어진다. 그러나 마리안은 옆집에서 총소리가 울리건 말건 기관총을 쏘는 것처럼 다다다 타자기를 두들겨대며 소설 쓰기에 여념이 없다. 마리안이 이렇게나 바쁘다면, 대체 사건은 누가 해결할까? 바로 마리안의 세 아이다!

사실 플롯도 허술하고, 악당의 정체도 모호하며, 전개도 터무니없는 우연에 기대어 펼쳐지는 이 소설에 빠져든 건 세 아이의 매력 때문이었다. 항상 어딘가 찢어진 옷을 입고 다니는 장난꾸러기이자 짠돌이인 막내 아치, 크면 대단한 미인이 될 싹이 보이는 새침한 에이프릴, 어린 나이에도 가족을 세심히 보살피는 다이나의 모습을 보면 어렸을 때 읽었던 《꼬마 탐정 에밀》도 생각나고, 세 남매가 집안일을 하면서 가장인 엄마를 안쓰러워하는 모습을 보면 자식을 많이 낳아 방목했던 예전 한국 가정의 풍경이 떠오르기도 한다.

무엇보다 나는 너희끼리 알아서 크라고 놔두고 마음껏 일만 하는 마리안이 매우 부러웠다! 나는 딸 하나 키우면서 쩔쩔매고, 동시에 일한다고 항상 안달복달하는데. 이 아이들은 원고를 반려하며 다시 써 달라고 요구하는 출판사 편지가 왔을 때 엄마 마음을 헤아릴 정도로 철들었고, 이웃집에서 일어난 살인 사건을 엄마 대신 해결해 엄마가 추리 소설 작가로 유명해져서 편하게 살길 바란다. 세상에나, 이렇게 부러울 수가!

소설과 달리 일하는 작가 엄마의 현실은 퍽퍽하고 고되다. 별로 손이 안 가는 딸아이를 키우며 번역으로 먹고 살았지만, 그렇다고 녹록한 인생은 아니었다. 아이가 학교 다닐 때 비 오는 날 우산을 가져다준 적이 단 한 번도 없었다. 정신없이 일하다 보면 밖에 비가 오는지 눈이 오는지 모르고 지나가기 일쑤였고, 어느새 세차게 내리는 빗소리에 아차 할 때면 아이는 이미 쫄딱 젖은 채 현관문을 열고 들어오곤 했다.

내 직업을 번역가라고 밝히면 "집에서 일하니 아이도 살뜰하게 챙겨주고 얼마나 좋아요" 하며 아주 부러워하는 남자들의 생각과 달리 '따뜻한 집밥'도 그리 열심히 차려주지 못했다. 장을 보고, 그렇게 사온 식료품을 정리해서 냉장고와 찬장에 넣었다가 요리하고, 식탁 위에 차리고, 설거지하는 일에는 생각보다 많은 시간과 정성과 에너지가 들어간다. 한창 마감으로 바쁠 때는 자연스럽게 배달 요리로 끼니를 때울 수밖에 없는 것이다. 그래서 나는 《스위트홈 살인사건》을 보며 계속 부러움의 탄성을 질렀다. 현실에선 도저히 가능할 수 없는 일들이 소설 속에선 멋지고 조화롭고 유머러스하게 펼쳐지니까. 잠시나마 허구의 세계에서 위로를 받는 것이다. 우리가 소설을 읽는 이유는 무엇일까? 수많은 이유가 있겠지만, 독서하는 그 순간만큼은 골치 아픈 현실 따윈 잊어버리고 멋지고 똑똑하고 강인한 주인공들이 펼치는 이야기 속으로 빠져들어 강렬한 대리만족을 느낄 수 있어서 읽기도 한다. 나는 그런 이유가 있기도 해서 추리 소설과 스릴러 소설을 좋아한다. 동양 고전 작품들을 보면 남의 눈에서 피눈물 나게 하고 가까운 이들에게 인색하게 구는 나쁜 인간은 대체로 벌을 받고, 이웃과 가족과 친지에게 베푸는 사람에겐 복이 찾아오지만…… 현실에선 나쁘고 이기적인 인간들이 점점 더 잘살고, 양심적이고 정의롭고 다정한 사람들은 점점 더 가난해지고 비참해지는 것처럼 보인다. "인과응보는 개뿔!"이라는 말이 나오기 직전인 현실에서 소설은 우리를 나름의 방식으로 위로해준다. 명탐정은 범인이 왕후장상이나 재벌집 막내아들이더라도 그들의 죄과를 백일하에 드러낸다. 그리고 우리는 범죄가 벌어지고 그 진상이 밝혀지는 과정에서 카타르시스와 인간 심리에 대한 통찰도 얻게 된다. 이러니 소설을 안 읽을 이유가 없지 않겠는가.

　그런 면에서《스위트홈 살인사건》은 나의 환상을 무척이나 만족스럽게 충족해준 작품이었다. 고단한 삶 속에서 마주치는 불가해한 미스터리가 해결됐을 뿐 아니라, 하나도 아니고 셋이나 되는 다정한 자식들(억지로 비교하자면 딸과 고양이와 강아지가 있으니 나도 셋인가)과 근사한 남자친구가 나오고, 무엇보다 현실에는 없는 큰 집이 등장한다. 글을 쓸 수 있는 서재가 있는 2층짜리 단독주택이라니, 이보다 더한 대리만족이 있을까.

미스터리를 환대하는 세계

《여자에게 어울리지 않는 직업(An Unsuitable Job for a Woman)》
P. D. 제임스 지음, 이주혜 옮김, 아작

젊은 여주인공이
기필코 성공하는 이야기를 읽는 사회

　제목부터 도발적인 이 책을 22페이지까지 읽다가 덮
고 뒤늦게 출간 연도를 찾아봤다. 1920년에 태어난 여성
작가(이름 때문에 남성이라는 오해를 살까 봐 굳이 여성
작가라고 썼다) P. D. 제임스의 이 작품은 1972년에 출간
됐다. 맙소사, 내가 태어난 해였다. 이 사실을 확인하자
이상한(?) 반가움이 밀려오는 한편으로, 그래서 그랬구
나, 하며 고개를 끄덕일 수 있었다.
　이런 소소한 정보를 굳이 밝힌 이유는, 주인공인 스물
세 살의 코델리아가 경찰과 나눈 대화를 읽고 충격을 받
았기 때문이다. 도입부에서 코델리아는 자신에게 수사
방법을 가르쳐준 동업자이자 멘토인 버니 프라이드가
탐정 사무소에서 자살한 것을 발견한다. 유능해 보이지
만 젊고 경험도 부족한 남자 경찰은 손목을 그어 자살한
버니의 시체를 목격하고도 지극히 침착하기 짝이 없는

코델리아에게 반감을 내비치면서 고인의 비서였냐고 묻는다. 이미 고인이 남긴 유서를 읽었기 때문에 코델리아가 동료 탐정인 걸 알면서도. 그러더니 여자는 이런 곳에 있으면 안 된다면서 사건 현장에서 나가라고 한다. 나는 이렇게 노골적인 성차별에 놀라 작품의 출간 연도를 확인할 수밖에 없었고, 작품이 탄생한 시기를 알게 된 후에는 고개를 끄덕였다. 그때는 성차별이라는 용어마저 다소 낯설 시절이었을 테니 이런 대화는 일상적으로 이루어졌을 것이다.

단독 수사를 해본 적이 없는 코델리아는 그 후로도 무수히 많은 사람에게서 탐정은 여자에게 어울리지 않는 직업이라는 소리를 듣는다. 죽은 버니가 즐겨 찾았던 펍의 여자 사장 메이비스도 탐정은 여자에게 어울리지 않으니 새 직업을 구해야 하지 않느냐고 충고한다. 코델리아는 바에서 일하는 것도 탐정 일과 다를 바 없다, 당신도 온갖 종류의 사람을 만나지 않느냐고 응수한다.

그렇다. '여자에게 어울리지 않는 직업'이라는 말을 코델리아는 남자뿐만 아니라 여자에게서도 자주 듣는다. 아이러니하게도 소설에서 탐정 일이 여자에게 어울린다고 말한 유일한 사람은 케임브리지대 역사학과 교수이다. 코델리아를 대학 파티에서 만난 교수는 그가 당연히 대학생일 것이라고 생각해 어느 대학에 다니느냐고 물어본다. 코델리아는 자신은 대학생이 아니라 탐정이라

고 밝힌다. 그리고 여자에게 어울리지 않는 직업이라고
생각하는지 떠보자 교수는 이렇게 대답한다.

> 전혀 아니에요. 완전히 어울린다고 생각했죠. 제
> 생각에 이 직업은 무한한 호기심과 무한한 고통과
> 다른 사람 일에 끼어들기 좋아하는 성격이
> 필요하니까요.[170쪽]

　교수는 여자가 탐정이란 직업에 어울리지만 애당초
탐정이나 여성이나 높게 평가할 만한 존재는 아니라는
편견을 대번에 드러낸 것이다. 이렇게 인물의 감정과 생
각을 예리하게 포착해 간결하면서도 생생하게 표현해낸
P. D. 제임스에게 난 그만 반하고 말았다.
　문득 내 경험이 떠올랐다. 내게 무슨 일을 하느냐고 물
어보는 사람들에게 번역을 한다고 대답하면 주로 두 가
지 반응을 보인다. 하나는 대충 이런 식이다. "오, 번역을
하세요? 집에서 일하니 얼마나 좋아요? 아이 돌보면서
좋아하는 일도 하고, 돈도 벌고." 이렇게 말하는 사람이
경력이 단절된 기혼 여성인 경우에는 대체로 어떻게 하
면 자기도 번역가가 될 수 있는지 물어보고, 기혼 남성인
경우에는 "우리 아내도 이런 일을 해서 집에서 돈도 벌면
(그러니까 회사 나간다고 자기를 들들 볶지 않고) 얼마
나 좋을까요"라고 하며 부러움 섞인 시선을 보내기 일쑤
이다.

그럴 때면 번역 일은 여러분이 생각하시는 것만큼 집 안일도 하고, 아이도 돌보면서, 틈틈이 해치워서 돈을 많이 벌 수 있는 그런 환상적인 일이 아닙니다! 라고 외치고 싶다. 전업 번역가의 일상이란, 집 안은 폭격 맞은 현장과 비슷하고(아이와 고양이와 힘 좋은 강아지와 같이 살면 더욱 그렇게 된다), 아이는 알아서 혼자 크는 와중에 매번 꼬박꼬박 돌아오는 마감을 맞추기 위해(사실 어기기 일쑤지만) 얼마 안 남은 머리카락을 쥐어뜯으며 하루에 일고여덟 시간씩 컴퓨터 앞에 앉아 있어야 하는 일이다. 살림도 잘하고, 아이도 잘 키우고, 일도 잘하는, 그런 슈퍼맘 번역가란 세상에 없다고 단언할 수 있다.

또 다른 반응은 이렇다. 출판물 번역, 그중에서도 소설, 또 그중에서도 스릴러 소설을 번역하는 일이란 게 어떤 일인지 잘 모르겠다는 표정으로 나를 바라보는 경우가 많다. 그럴 때면 이런 식으로 설명한다. "왜, 그런 이야기 있잖아요. 나쁜 놈들이 시체를 난도질하거나, 토막을 내거나, 목을 조르거나, 칼로 찔러 죽이고, 그걸 파헤치는 탐정이나 경찰이 주인공인 소설이요." 이렇게 말하면 화기애애했던 자리에 일순 침묵이 흐르는 기적이 일어난다. 모두 저 여자는 왜 저런 일을 할까, 라고 말하는 듯한 표정으로 나를 바라본다. 오죽하면 우리 집안에서 가장 책을 많이 읽는 내 엄마도 내가 번역한 책은 읽지 않으신다. 언젠가 이런 말도 한 적이 있다. "너 그런 끔찍한 책은 그만 번역하고 좀 고상한 책을 번역하면 어떻겠니?"

엄마, 나 그동안 그 일로 먹고살았어요. 이렇게 반박하고
싶었지만 그냥 피식 웃고 말았다.

　물론 나는 기껏해야 황당해하거나 낯설어하거나 이상
해하는 표정과 마주치는 정도이지만 소설 속 코델리아
는 혼자서 다종다양한 편견에 맞서나가며 살인 사건을
해결하기 위해 고군분투한다. 작품 배경이 1970년대 초
반 영국이니 단서를 제공할 만한 CCTV도 없고, 컴퓨터
도 없고, 스마트폰도 없다. 코델리아는 기록 보관소를 방
문해 사건 관련 문서들을 찾아보고, 관청에 가서 유언장
을 찾아 읽고, 관계자들을 만나 차를 마시거나 술을 마시
거나 같이 배를 타기도 한다.
　내가 흥미를 느낀 건 바로 이 지점이었다. 많은 추리
소설이나 탐정 소설에서 주인공은 남자이고, 이들은 폭
력 사건이 일어날 경우 주로 폭력으로 맞선다. 하다못해
범인과 드잡이하거나 몸을 부딪쳐서 때리거나 주먹다짐
을 하는 대목이 필수 공식처럼 나온다. 남자 주인공이 뜻
밖의 명사수인 경우도 많고.
　그런데 코델리아는 그런 육체적 힘에 의지하지 않고
꼼꼼한 조사와 탐문으로 차근차근 사건을 풀어나간다.
독자들의 피를 끓게 하는 자극적인 사건이 연이어 발생
하는 게 아니라, 탐정이 하나의 사건에서 생겨난 피해자
의 아픔을 생각하며 하나씩 끈기 있게 단서들을 모아간
다. 그런 면에서 코델리아의 수사는 지극히 현실적으로

느껴진다.

어쩌면 살인 사건의 용의자일지도 모르는 대학생들의 집에 찾아가 수사에 필요한 전화 통화를 하기 위해 전화기를 빌려달라고 하고, 탐정인 저 여자가 우리 비밀을 밝혀낼지도 모르니 어서 쫓아내라고 하는 남매의 다툼을 들으면서도 그 집에 찾아온 목적을 꿋꿋하게 달성하고, 얼마 안 되는 수사비를 아끼기 위해 식사비와 교통비까지 철저하게 계산해서 쓰는 코델리아.

만약 이 소설을 한국에서 드라마나 영화로 만들었다면, 잘나가는 부잣집 명문대생들 틈바구니에서 수사를 진행하는 고졸 주인공이 그들과 자신의 처지를 비교하며 좌절에 빠지는 장면이 나올지도 모르겠다. 예쁘고 돈 많은 부잣집 딸과 비교당하며 평범해 보인다는 말을 듣고 우울해하는 장면이 나올 수도 있다. 우리가 현대 한국 사회에서 대체적으로 느끼는 반응에 가깝기도 하니까. 하지만 코델리아가 편견과 깎아내리는 말들에 굴하지 않았듯이, 독자인 우리도 끝내 굴하지 않고 자신이 맡은 일을 의연하게 해나갈 수 있을 거라고 믿고 싶어진다. 학벌과 외모가 어떠하든 간에, 자신이 맡은 일에 백 퍼센트 몰입하고 집중해서 마무리해내는 모습은 멋지다는 것을, 언제나 묵묵하게 내실을 다지는 자는 '성공'한다는 것을 증명해주는 이 소설을 읽으면 그런 마음이 든다.

용감하고 영리한 젊은 여주인공이 삶의 어려움에

직면했을 때, 다들 해낼 수 없을 거라고 생각하는
일에서 기필코 성공을 거두는 이야기를 쓰고
싶었다.[8쪽]

작가 P. D. 제임스는 이렇게 말했다. 남성의 시각에서
너무 쉽게 소비된 후 버려지고 마는 팜 파탈, 또는 남성
의 욕망을 최대한으로 실현시키는 현모양처라는 극단적
인 이분법의 여성 캐릭터 대신에, 자기만의 뜻과 의지와
꿈을 가지고 단단하게 살아가는 여성 캐릭터 이야기. 그
런 이야기가 많은 독자를 사로잡고 상상에 영감을 준 것
은 비교적 최근 일이다. 더 많은 작가가 이런 여성 캐릭
터들을 각자의 장르에서 구현하려고 애쓰고 있다. 그런
면에서 코델리아의 이야기는 1972년에 쓰였지만 지극히
현대적이고 시의적절하다.

《불타는 소녀들(The Burning Girls)》
C. J. 튜더 지음, 이은선 옮김, 다산책방

악당도 신부도 여자

얼마 전 한 출판사에서 번역 의뢰를 받았다. 프리랜서 번역가가 의뢰를 받는 것은 생계를 해결할 수 있어 매우 기쁜 일이다. 그런데 이번 의뢰는 조금 미묘한 감상을 불러왔다. 전화를 건 담당자는 이 작품이 해외에서 굉장한 인기를 끌고 있으며 자사가 힘들게 한국어판 판권을 따냈는데 급박한 출간 일정에 맞춰 내가 번역을 해줬으면 좋겠다고 역설했다.

여기까진 흔히 겪어온 일이었는데 이번 경우가 좀 달랐던 이유는 그 일정에 맞춰 내가 맡은 다른 작품들보다 먼저 번역해줄 수 없겠느냐고 대놓고 '새치기'를 요구했기 때문이다. 나는 거절하면서 가능한 일정을 제시했더니 그때면 맡아줄 번역가들이 쌔고 쌨다고 대꾸했다. (아, 그러셔요?) 그러고도 조금 더 끈질기고 조금 더 불쾌한 설득이 이어진 후에 통화가 끝났고 나는 딸에게 하소연을 했다.

그러자 공감 능력이 뛰어난 딸이 맞장구를 치며 이렇게 말했다. "꼭 그렇게 기분 나쁜 아저씨들이 있더라." 나는 3초 정도 있다가 대답했다. "아저씨가 아니라 여자였어." 딸이 민망해하면서 킥킥 웃었다. "아, 그렇구나. 순간적으로 편견이 튀어나왔네. 조심해야지." 나도 고백했다. "나도 종종 그런 실수를 해."

2002년에 태어나 Gen Z 세대에 속한 딸. 내가 보기에 역사상 가장 PC한 세대인 딸이 이럴진대, 딸보다 오랜 세월을 살아온 내 안에 자리 잡은 뿌리 깊은 편견을 뽑기란 쉽지 않다. 그리고 그런 내 약점을 날카롭게 꼬집은 소설이 있으니 바로 이 《불타는 소녀들》이다.

잭 브룩스라는 신부가 원래 근무하던 노팅엄 교구에서 아동 학대 살인이라는 불행한 사건이 일어나는 바람에 서식스에 자리한 채플 크로프트의 교구로 전근가게 된다. 금방이라도 쓰러질 것 같은 작고 낡은 교회에서 맞닥뜨린 교회 관리인 에런은 잭을 낯선 침입자라 여겨 경계하다가 그가 새로 온 신부라는 사실을 알고 경악한다.

'뭐가 그리 놀랍지?' 이렇게 생각하며 읽던 나는 곧이어 잭이 홀로 키우는 10대 딸 플로가 들어와 잭을 보고 "엄마!"라고 외치는 부분에서 그만 에런처럼 당황하고 말았다. 주인공 잭은 남자가 아니라 여자였던 것. 나는 잭 브룩스라는 이름과 신부라는 직업만 보고 바로 남자라고 해석해버리는 실수를 저지른 것이었다. 하지만 영국 국교회에서는 남자뿐만 아니라 여자도 신부가 될 수 있다고 한다. 이렇게 초반부터 독자의 편견을 보기 좋게 박살낸 작가는 작품 곳곳에 허를 찌르는 설정과 대화를 깔아둔다. 이를테면 이런 것.

> "그래, 당신 생각은 어떤가요, 잭?" 러시턴이 내 생각을 방해하고 나선다. "우리가 아주 중요한 신학적인 문제에 대해 토론하고 있었거든요."
> "아, 그래요?"
> "네. 영화 역사상 가장 훌륭한 악당은 누구인가? 알 파치노인가, 잭 니컬슨인가?"
> 나는 미소를 짓는다. "악당은 남자라야 한다고 누가 법으로 정해놨나요?"275쪽

잭은 일상에 뿌리내린 여성 신부에 대한 편견과 맞서며 범죄 피해자가 된 여성들을 지키기 위해 싸운다. 그러나 잭의 앞에는 수많은 장애물이 놓여 있었다. 결혼식을 올릴 예정인 예비부부는 잭이 남자가 아니라 여자 신부라 결혼식 사진에 나오면 이상할 것 같다며 거부하고, 할머니 신자는 자신이 젊었을 때 여자 신부는 없었다며 잭을 꺼린다.

그런데 이 작품이 여러모로 흥미로운 이유는, 온갖 편견들로 공격받는 잭이 거기에 휘둘리지 않으려 애쓰며 '진정한 신부로서 일하는 과정'이 상세하게 나와 있기 때

문이다. 한 예로, 잭이 온몸에 피를 뒤집어쓴 채 자신의 집 근처를 떠도는 여자아이를 발견한 사건이 있다. 아이를 집에 데려와 씻긴 잭은 아이가 폭력과 학대를 당했을 가능성을 생각하면서도 섣불리 판단하지 않으려고 노력한다. 또한 잭은 자신이 신부임을 알면서도 계속 무례하게 대하는 에런도 용서하는데, 그건 에런이 오랜 세월 아버지를 혼자 간병하면서 떠맡아온 삶의 무게를 짐작했기 때문이다.

이렇게 잭의 다사다난한 여정을 따라가다 보니, 그가 겪은 것만큼은 아니지만 나도 번역가로 살아가며 마주친 소소한 편견들이 떠오르기도 했다. 그중 한 가지 재미있었던 편견이 있다. 나는 스릴러 소설 번역가로서 출판업계에 첫발을 내딛었는데, '박산호'라는 이름이 남성적이었는지 번역을 의뢰하는 편집자들은 나를 남자라고 짐작하며 일을 맡기는 경우가 다반사였다(출판사는 대체로 번역가의 얼굴을 모른 채 전화나 메일로 의뢰를 맡기기 때문에 이런 오해가 발생할 여지가 다분하다).

그러다 언젠가 스릴러 소설 동호회의 모임에 나갔을 때 모두 내가 여자인 것을 보고 놀랐고, 그때 비로소 내 성별에 대한 비밀이 깨졌다. 아마 이 또한 피비린내 나는 스릴러 소설은 남자가 더 잘 번역할 거란 고정관념에서 비롯된 사건이었던 듯싶다.

작중에 이런 인상 깊은 대목이 있다. 여자 신부이며 싱글맘이라는, 여러 가지로 불리해 보일 수 있는 위치에서 자신을 비난하고 공격하고 음해하는 사람들과 맞서 싸워온 잭조차 교회 바닥에 깐 판석이 무너져서 소개받은 석수가 여자라는 사실을 알고 놀란다. 잭은 다른 사람도 아닌 내가 이런 오해를 해서 되겠느냐고 자책한다.

스릴러 소설을 읽다 보면 어느새 범인이 누구인가, 동기는 무엇인가, 어떻게 그런 짓을 저질렀는가에 관심이 쏠리기 마련인데,《불타는 소녀들》은 관계와 편견에 대해서도 곱씹어볼 수 있게 해주는 좋은 작품이었다. 요즘은 번역 소설을 읽으면서 시대 변화를 짐작할 수 있는 경우가 왕왕 있다. 전에는 너무나 당연하게 여겨지던 일들이 이제는 더 이상 당연하지 않은 것이다. 예를 들어 예전에는 소설에서 부부 간의 대화가 나오면 아내가 남편에게 존칭을 쓰는 식으로 번역하는 경우가 잦았지만 이제는 완전히 평등하게 번역한다. 고전 작품을 번역할 때도, 호칭은 가능한 한 시대 분위기를 살려서 옮기되 (왕과 신하 따위의 관계를 드러내야 할 때는 명확하게 구분한다) 그 외에 부부나 연인 간의 대화는 최대한 서로를 존중하는 느낌을 살려서 옮긴다. 여성, 장애인, 소수자 혐오와 같은 표현은 꼭 필요한 경우가 아니면 편집자와 번역가가 상의해서 삭제하거나 안내문을 넣는 경우도 점점 늘어나고 있다. 변화의 바람은 이런 미풍에서 시작돼 허리케인처럼 엄청난 힘으로 세상을 강타하는 게 아닐까 싶다.

《어둠의 왼손(The Left Hand Of Darkness)》
어슐러 K. 르 귄 지음, 최용준 옮김, 시공사

인생의 불확실성을
받아들이는 법 배우기

30대 후반에 몸이 굉장히 안 좋았다. 아이를 키우고 살림도 하면서 일을 너무 많이 하다 보니 그런가 보다 하고 무심히 넘겼는데, 생리가 한 번 시작되면 열흘에서 보름 넘게 이어졌고 양도 너무 많아서 일상생활을 하기가 어려울 지경이었다. 병원에 가보니 자궁 근종 때문이라면서 자궁을 들어내는 수술을 하면 어떻겠느냐고 의사가 무심한 태도로 제안했다. 이미 출산을 했고, 또 출산할 계획이 없다면 그러는 게 내 몸에 더 좋을 거라고 하는 것이었다. 나는 자궁이 있어서 좋다고 생각해본 적은 없었지만 그렇다고 굳이 없애고 싶지도 않아서 의사의 제안을 거부했다. 자궁이 없는 나를 상상하니 어쩐지 여자가 아닌 듯이 느껴지기도 했다.

이후 자궁 근종은 꾸준히 날 괴롭혔지만 아이러니하게도 40대로 넘어갈 무렵에 생리가 끊기고 말았다. 이른

완경을 한 셈이었다. 그때는 외국에서 공부하는 가난한 유학생이라 병원에 자유롭게 찾아갈 수 있는 상황이 아니었고, 한국에서보다 사는 게 더 고달프고 공부하느라 바빴기 때문에 차라리 잘됐다고 생각했다. 늦은 공부를 마치고 한국에 돌아와 병원에 가서 완경 사실을 알리자 의사들은 내 건강을 염려하며 호르몬제 복용을 권했다. 하지만 결국 호르몬제가 맞지 않아 먹지 않았다. 생리를 하지 않으니 편했지만 몸에서 꼭 나와야 할 호르몬이 나오지 않아서인지 다른 아픈 증상이 여럿 생겼다.

그때 생각했다. 왜 사람은 꼭 남자 아니면 여자로 태어나야 할까. 평생 호르몬의 농간에 휘둘리며 살아야 하지 않나. 막연하게 억울하고 분했다. 한편으로는 이런 생각도 했다. 원하는 성을 골라 살 수 있다면 얼마나 좋을까? 혹은 생의 대부분을 중성으로 살다가 짝짓기, 즉 섹스를 할 때만 하나의 성이 되어 며칠 동안 신체적 욕구를 해소하고 다시 중성으로 돌아갈 수 있다면 어떨까? 그때그때 상대에 따라 남성도 될 수 있고 여성도 될 수 있다면. 그렇다면 여성들이 겪는 다양한 몸의 문제는 물론이고, 21세기 현재 전 세계에서 벌어지는 격렬한 성별 대립 문제도 자연스럽게 소멸되지 않을까?

어슐러 K. 르 귄의 소설 《어둠의 왼손》은 바로 이런 화두를 머나먼 우주의 게센이라는 행성에서 거대한 스케일로 펼쳐보인다. 83개 행성 연합 에큐멘은 겐리라는 특사를 게센 행성에 보낸다. 생물학적으로 남성인 겐리는 게센의 카르히데 왕국에 도착해 교류를 제안하고, 게센의 귀족 에스트라벤이 그를 도와주려 애쓴다. 그러다가 에스트라벤은 왕의 노여움을 사서 추방되고, 겐리 역시 임무에 실패하며 오르고레인 왕국으로 넘어간다. 겐리는 그곳에서 죽을 뻔하지만 에스트라벤이 목숨 걸고 겐리를 구출한 뒤 그의 목적을 달성할 수 있게 도와준다.

사실 줄거리만 보면 《어둠의 왼손》은 그다지 재미있는 이야기가 아니다. 통쾌한 액션이 나오지도 않고, 1967년에 발표된 SF 소설이기 때문에 작중에 묘사된 기계 문명도 시시해 보인다. 그러나 이 작품은 액션 활극도 아니고 고도로 발달된 과학 기술을 묘사하며 상상력을 과시하는 이야기도 아니라는 데 진정한 묘미가 있다. 《어둠의 왼손》은 남성과 여성의 이원론적인 구분에 근본적인 의문을 던지는 이야기다.

겐리는 남성이지만 그와 일종의 동지가 된 에스트라벤은 성이 모호하다. 이 게센인들은 모두 남성과 여성 둘 다 가지고 태어나 평소엔 중성으로 살다가 한 달에 며칠 동안 케메르(발정기 비슷한 것이다)가 찾아오면 그때그때 상황과 자신의 선택에 따라 남성이나 여성으로 변해 성교를 치른다. 이곳 사람들은 남자도, 여자도 될 수 있기 때문에 누구도 출산의 고통에서 자유로울 수 없어서 경력 단절이라는 용어 자체도 없다. 모두 평등하게 출산의 의무를 짊어진다.

이 부분을 읽었을 때는 부러워서 한숨이 나왔다. 무엇보다 인구의 3분의 1이 육아에 집중하는 시스템이야말로 진정한 판타지였다. 유발 하라리는 기계 문명이 점점 발달해 인간의 직업이 없어지면 인간의 남는 시간을 아이 양육과 노인 간호에 쏟게 해야 한다고 주장했는데, 이 행성에서는 이미 그것이 실현되고 있는 것이다.

한편 겐리는 에스트라벤을 불신하다가 치명적인 대가를 치른다. 나는 자신을 유일하게 도와주는 에스트라벤을 믿지 못하는 겐리의 심리를 도무지 이해할 수가 없었는데, 책장을 넘기다 보니 그 이유를 알게 되었다. 겐리는 에스트라벤이 남성인지 여성인지 구분할 수 없어서 싫었던 것이다. 외계 행성의 특사라는 신분 때문에 낯선 주민들 사이에서 섬처럼 떠돌던 겐리는 "에스트라벤처럼 음울하고 신랄하고 강력한 존재를 여자로 생각하는 깃은 불가능"[38·39쪽]한데 그가 '부드럽고 나긋나긋'해 보여서 혼란스러워한다. 그는 이런 식으로 만나는 모든 게센인을 불신한다. 아르가벤 왕을 "왕다운 위엄도 없었고 남자다운 느낌도 적었다"고 평하며, 왕이 "분노한 여자처럼 소름 끼치는 웃음"[62쪽]을 지어서 믿지 못한다. 하숙집 주인을 두고는 "살찐 엉덩이를 씰룩이며 걸었고, 부드러운 얼굴에 살이 쪘으며, 엿보고 엿듣고 천한 면이 있었지만 천성은 착했다"[84쪽]라고 묘사한다. 그래서 아이를 많이 낳은 여성인 줄 알았는데 아이를 낳아본 적이 없는 네 아이의 아버지란 말을 듣고 충격을 받기도 한다.

평생 남성으로 살아온 겐리가 성이 구분되지 않는 게
센인들을 두 눈으로 직접 보면서도 그 현실을 받아들이
지 못한 채 습관적으로 만나는 상대의 성을 구분하려 하
고, 그중에서도 상대의 부정적인 특성은 모두 여성과 관
련 짓는 모습은 흥미롭다. 여기엔 작가의 어떤 의도가 담
겨 있을까. 겐리보다 앞서 이 행성에 와서 이들의 문화와
관습을 관찰한 조사원이 남긴 기록 역시 의미심장하다.

> 만약 이곳에 모빌이 온다면, 최초의 모빌은 (중략)
> 자존심에 상처를 입을 수도 있으니 주의해야 한다.
> 남자는 자신의 남성다움을 남들이 주목해주길 원하며
> 여자는 자신의 여성다움이 인지되기를 원한다.[144쪽]

겐리는 성별이 모호한 에스트라벤과의 관계를 어떻게
설정해야 할지 몰라 그를 경계하고 불쾌하게 느끼다가
결국 소통에 실패한다. 그건 에스트라벤도 마찬가지였
다. 자신의 약함을 남에게 드러내기 싫어서 우는 모습을
보이려 하지 않고 육체적으로 힘든 일은 상대적으로 키
와 몸집이 큰 자기가 해야 한다고 우기는 겐리의 심리를
에스트라벤은 이해하지 못한다.

게센의 종교인 한다라교(에스트라벤도 신자이다)의
핵심 교리는, 인생의 불확실성을 받아들이고 해서는 안
될 질문이 뭔지 판단하는 법을 배우며 살아가는 것의 중
요성을 아는 것이다. 이는 상대가 어떤 성인지 알 수 없

고, 알려 하는 것이 무용하다는 사실을 피부로 아는 게센인들 사이에서 자연스럽게 생겨난 철학일 것이다.

서서히 게센인들의 철학을 이해하게 된 겐리는 마침내 임무에 성공하고 몇 년 만에 동료들을 보는 순간 충격을 받는다. 그는 남성과 여성으로 분명하게 구분되는 동료들의 외모와 목소리 때문에 불편함과 불쾌함을 느끼다가 중성적인 게센인들을 보며 비로소 마음의 평화를 되찾는다. 내가 누구인지, 나는 여성인지 남성인지, 나는 누구의 편인지 구분 짓는 것은 실로 고통스러우며 의미 없는 행동이자 사고방식이라는 점을 지적하고 싶었던 결말이 아닐까 싶다. 이 결말을 보며 완경 후 한동안 방황했던 내가 떠올랐다. 그때 나는 내가 여자도 아니고 남자도 아닌 존재가 되어버린 것 같아 조금 두렵고 혼란스러웠다. 그 시기가 예상했던 것보다 훨씬 일찍 찾아왔기 때문에 그렇기도 했을 것이다. 그래서 한동안 일부러 소위 '여성성'이 더 강조되는 옷차림을 하고, 좀 더 '여성스럽게' 행동하려고 애쓰기도 했다. 그렇게 해서라도 내가 여자라는 사실을 잊고 싶지 않았다.

그러다가 서서히 깨닫게 됐다. 내 모습이, 내 태도가 세상이 정해놓은 여자라는 틀에 가까운지, 남자라는 틀에 가까운지가 중요한 게 아니라는 점을. 내가 나답게 살아가는 것이야말로 정말 중요한 것이라는 생각을 했을 때 정신이 퍼뜩 들었다. 완경이 찾아오기 전까지 나는 내가 여자로 태어났고, 그에 맞춰 행동해야 한다고, 세상이 여자인 나에게 거는 기대에 부응해야 한다는 점을 한시도 잊은 적이 없었던 것 같다. 그 과정에서 진정한 나라는 것이 점점 깎여나가고 있었다는 사실도 깨닫지 못했다. 하지만 이렇게 축소되고 밋밋해지고 있는 나를 알아차린 순간 마침내 해방된 기분이 들었다. 그때부터 나는 스스로가 여성스러운지, 남성스러운지에 대해 더 이상 신경 쓰지 않았고, 전보다 사람들의 눈치를 덜 보았고, 목소리를 높이고 싶은 사안이 있을 때는 목소리를 높였고, 전보다 더 호탕하게 웃었으며, 전에는 할 수 없었던 농담을 하기도 했다. 그동안 느낄 수 없었던 힘과 자유를 가진 기분이 들었다.

이제 우리는 낯선 타인을 만났을 때 그의 나이를, 결혼 여부를, 자녀 유무를, 사는 동네 이름을 묻는 것이 자연스럽지 않으며, 심지어 무례하다는 걸 안다. 언젠가는 사람의 외모와 태도로 성별을 짐작할 수 없는 날이 찾아와 성별을 묻는 것 또한 무례를 저지르는 일로 여겨질지도 모른다. 인생의 불확실성과 미지의 타인을 받아들이지 못하는 것은 통제력을 상실할 가능성에 대한 공포, 태어나서 지금까지 쌓여온 자동 재생되는 편견과 습관을 계속 가동하지 못한다는 불안에서 비롯된 것이다. 그러나 우리의 몸과 의식에 자동 저장된 그 프로그램을 삭제할 때만 새로운 세상의 모습을 볼 수 있다. 소설과 삶을 통해 내가 본 그 모습은 생각보다 경이롭고 아름다웠다. 이것만큼은 믿어도 좋다.

〈마지막으로 할 만한 멋진 일(The Only Neat Thing to Do)〉
제임스 팁트리 주니어 지음, 신해경 옮김, 아작

오래되고 낡은 사람들은
해결할 수 없다

"요새 것들은 이래서 안 돼."

스물한 살짜리 딸의 입에서 나온 이 말을 듣자마자 피식 웃고 말았다. 일흔이 넘은 엄마나 이제 쉰이 넘은 내가 아니라 젊디젊은 딸의 입에서 나온 "요새 것들"이라는 단어는 신선했다. 이래서 메시지가 아니라 메신저가 중요하다는 말이 나온 건가.

"이보세요. 당신도 요새 것들이거든요. 너도 원 오브 뎀이라고." 내 대꾸에 딸이 배시시 웃으며 한숨을 쉬었다.

"그러네. 나도 요새 것들이긴 한데 정말 너무하다 싶을 때가 있다고."

사정은 이러했다. 집안 형편 때문에 딸은 대학을 휴학하고 몇 달 전부터 아르바이트를 하고 있다. 처음에 구한 직장은 대형 피트니스 센터로, 평일 아침 7시부터 점심 12시까지, 토요일은 오후 2시까지 그곳 안내대에서 근무

하기로 했다. 딸이 면접에 합격했을 때 나는 잘됐다고 생각했다. 내가 다녔던 피트니스 센터를 떠올려보고 회원들이 오면 보관함 열쇠를 내주거나 출석을 체크하는, 뭐 그 정도 일이겠거니, 했던 것이다. 다만 보수가 최저 시급보다 좀 높아서 이상하다고 생각했는데, 아니나 다를까. 피트니스 센터를 홍보하는 인스타그램과 블로그 게시물 제작부터 급할 때는 청소까지, 예상했던 범위를 훌쩍 뛰어넘어 시키지 않는 일이 없었다. 내 자식이 쥐꼬리만 한 보수를 받으며 너무 혹사당하는 듯해 때려치우라고 하고 싶은 마음이 굴뚝같았지만, 본인이 직접 알아서 구해 다니는 일자리에 내가 말을 얹는 것은 온당치 못한 것 같아 그냥 지켜봤다.

딸은 업무가 과중하지만 난생처음 회사라는 조직에서 배우는 게 많다며 처음에는 신나게 다녔다. 그러나 곧 월급이 밀리기 시작하더니 얼마 못 가 근무 시간이 줄면서 급료도 줄었다. 게다가 업무량은 그대로인 식으로 회사가 자꾸 근무 조건을 바꾸는 바람에 몇 달 버티다 결국 그만두기로 했다. 문제는 새로 오는 직원에게 업무 인수인계를 해야 했는데 면접에 합격한 청년들이 하루 나오더니 다음 날 아침에 그만두겠다며 핸드폰 메시지를 날리거나, 아예 연락도 없이 잠수를 타곤 한 것이다. 그래서 골치 아파진 딸이 "요새 것들"이라는 말을 내뱉은 것이고.

딸과 나는 이 일을 계기로 청년들에게 좋은 일자리가

주어지지 않는 퍽퍽한 현실에 대해, 어리고 순진하고 세상 경험이 없는 직원에게 일을 떠넘기는 상사에 대해, 평소에는 잘 대해주지만 성희롱에 해당하는 말을 거침없이 주고받는 조직 분위기에 대해 이야기를 나눴다. 20대 때 잠깐 회사에 다녔던 시기를 빼고는 평생 프리랜서로 살아온 나는 어설프게 아는 척하며 훈수를 두는 대신, 딸의 이야기를 묵묵히 들어줬다. 딸은 그런 나에게 직장 생활의 고충과 불만을 늘어놓으며 스트레스를 풀 수 있었다.

가까스로 피트니스 센터 일을 정리한 딸은 이제 저녁에 숯불고기 식당에서 서빙을 하고 있다. 피트니스 센터에 취직했을 때는 업무를 인수인계해준 전임자의 까칠함에 상처를 받고, 일을 떠넘기는 상사 때문에 큰 스트레스를 받았다. 다행히 이 식당의 전임자는 아주 친절하게 일을 가르쳐줬고, 동료들도 다 선량해서 몸은 힘들어도 정신적 피로는 훨씬 덜하단다. 그럼에도 종종 잠수를 타는 다른 신입 직원들 땜빵을 뛰느라 "요새 것들"이라는 말을 때때로 내뱉지만.

그런 딸을 볼 때마다 나와는 너무 다른 모습에 놀라고 감탄하게 된다. 아르바이트 면접을 보러 다닐 때마다 계약서의 급료와 근무 조건을 하나하나 따지고, 나중에 그 조건이 지켜지지 않았을 때는 당당하게 항의하고, 부당한 것으로 밝혀진 조건은 협상을 통해 조율해가는 아이. 그래서 사장에게서 내가 당신을 면접 보는 게 아니라 당신이 나를 면접 보는 것 같다는 말까지 들었던 딸을 보면 존경심이 들 정도다. 스물한 살의 나를 돌이켜보면 어른들과 세상이 이미 정한 길을 따라가는 것만으로도 숨이 찼는데…….

문득 제임스 팁트리 주니어가 쓴 〈마지막으로 할 만한 멋진 일〉의 주인공, 초록색 눈으로 사람을 빤히 쳐다보는 코아티 캐스가 떠올랐다. 코아티는 열여섯 살 생일 선물로 받은 소형 우주선을 조종해 용감하게 혼자 우주로 날아간 소녀다.

어른들이 지배하는 세상에서 그들이 만들어놓은 부당한 규칙들의 오류를 하나씩 지적하며 싸워가는 요즘 아이들처럼, 열여섯 살인 코아티도 어른들의 편견과 그들이 만든 규칙 따윈 아랑곳하지 않고, 뛰어난 임기응변으로 우주선에 연료와 식량을 채운 뒤 훌쩍 모험을 떠난다. 이 당찬 소녀의 용기에 박수를 짝짝짝 치고 싶은 순간, 코아티는 나의 단순한 예상을 걷어차고 한발 더 나아간다. 홀로 우주여행을 즐기는 데 그치지 않고 실종된 다른 우주선의 승무원들을 찾으러 다닌 것이다. 그러는 도중에 코아티는 정체를 알 수 없는 생명체를 만난다. 아니, 정확히 말하면 바이러스 같은 그 생명체가 코아티의 뇌 속으로 들어온다. 그것은 코아티의 눈으로 세상을 보고, 코아티의 입과 목을 빌려 말을 함으로써 의사소통을 시도한다.

외계인이 바이러스 형태로 지구인의 몸속에 들어와

그를 숙주로 삼아 다른 인간을 잡아먹거나 괴물로 만들어버리거나 아예 그 육체를 강탈한다는 설정은 SF 소설이나 영화에 지겹도록 나온 것이지만 이 작품에 나오는 외계인(?)은 그런 면에서 좀 다르다. 코아티가 실료빈이라는 이름을 붙여준 이 생명체는, 코아티를 강제로 숙주로 삼아 기생하려 들지 않고 평화롭게 공존하는 법을 찾는다. 코아티와 실료빈 둘 다 모험을 찾아 새로운 세상을 향해 떠났다는 공통점을 갖고 있기 때문에 서로를 존중한다. 실료빈은 코아티의 아름다운 뇌에 감탄하고, 자신을 받아준 코아티를 해치지 않으면서 그 몸에 적응하기 위해 노력하며, 코아티 역시 실료빈에게 품고 있던 호기심이 점점 우정으로 변하는 것을 느낀다.

내가 감탄한 지점은 바로 이 부분이었다. 낯선 존재, 낯선 생명이 우리 세계와 우리 몸을 침범한다고 상상하면 우리는 반사적으로 '갈등, 충돌, 대립, 적대'라는 구도를 떠올리고 만다. 내 몸에 들어온 균은 반드시 박멸해야 하고, 이민은 우리에게 이로운 사람들에게만 허용해야 하며, 강대국의 언어가 아닌 외국어는 배울 가치가 없고, 낯선 제도나 시스템은 불편하고 짜증난다.

이런 통념을 코아티는 거침없이 부숴버린다. 혼자서 결정한 우주여행을 통해 어른들이 정한 규칙과 가치관을 박살내고, 자신의 몸에 침입한 실료빈을 받아들여 낯선 것, 새로운 것, 다른 것은 경계하고 두려워해야 한다는 세상의 암묵적인 규칙도 훌쩍 뛰어넘어버린다.

하지만 둘의 의지와 달리 여러 사정상 이 평화로운 공존은 지속될 수 없었고, 그 불행한 사실을 깨달은 코아티와 실료빈은 인류와 우주의 존속을 위해 지극히 영웅적인 선택을 한다.

코아티와 실료빈의 찬란하면서 슬픈 이야기를 읽으며 다시 딸을 생각했다. 어른과 사회가 만들어놓은 틀 속에서 달리는 것에 그치지 않고 그 틀을 관찰하고 분석하고 온몸으로 부딪치면서 부족하고 부패한 구석을 찾아내 바꿔보려 노력하는 아이. 그 과정에서 필연적으로 느낄 소외감과 고단함을 용기 있게 직시하려 애쓰는 아이.

코아티도 자신이 사는 세상이 정한 한계에 갇혀 있지 않고 우주로 나가 열여섯 해라는 짧은 생애의 마지막을 힘껏 불태웠다. 그 삶은 백 년 가까이 이어지는 보통의 삶만큼이나 크고, 어디까지나 자신의 생각, 자신의 선택으로 이룬 삶이었기에 충실하고 꽉 찬 것이었다.

날마다 인터넷 포털 사이트의 메인 화면에는 각종 사고, 참사, 비극에 대한 기사가 게시된다. 그 기사들에 달린 편견으로 덧칠된 댓글들을 볼 때마다, 환경 파괴 때문에 지구가 파멸을 향해 달려가는 것 같아 절망이 엄습할 때마다, 나는 코아티와 딸, 딸이 직장에서 만난 성실하고 선량한 청년들을 떠올리며 다시 작은 힘을 낸다. 그리고 내가, 어른들이 망쳐버린 세상을, 지구를 이 젊은 세대가 바로잡아주지 않을까, 염치없이 기대하게 된다. 몇 년 전

한국 사회와 직장에서 폭발한 미투 운동이 청년들의 목소리로 시작되었던 것처럼, 역시 젊은 노동자들의 희생과 노력이 있었기에 오랜 세월 직장에서 끊임없이 되풀이되어온 갑질, 폭언, 왕따 문제가 고발되고 해결책을 찾는 일이 진전을 보일 수 있었다.

때로 소설은 오래되고 낡은 문제들은 오래되고 낡은 사람들이 해결할 수 없다는 점을, 낡은 사람들이 그 문제들을 만든 당사자이기 때문이라는 점을 선명하게 보여준다. 그것은 새롭고 전복적인 상상력, 활기 넘치는 실천력, 무엇보다 시간을 자기편으로 갖고 있는 청년들이 더잘 풀 수 있다. 그러면 어른들은 무엇을 해야 할까. 어른은 청년의 목소리를 경청하고, 그들을 지지하고, 책임을 지면 된다. 코아티와 실료빈이 보여준 우정과 희생에 고개를 숙였던 어른들처럼.

《레베카(Rebecca)》
대프니 듀 모리에 지음, 이상원 옮김, 현대문학

《제인 에어》의 광녀 버사 메이슨과 레베카

소설을 읽는 스타일은 사람마다 다양하다. 평생 단 몇 권의 소설을 반복해서 읽으면서 그때마다 새로운 감흥과 감동을 느끼며 행복해하는 독자가 있고, 반대로 매번 새 소설에서 새로운 즐거움과 흥미를 찾는 독자도 있다. 나로 말하자면 후자이다. 글을 쓰거나 연구를 하기 위해 같은 인문서를 여러 번 읽는 경우가 있긴 하지만 소설을 다시 읽는 경우는 좀처럼 없다. 그럴 정도로 애정이 깊은 소설이 없는 건 아니지만, 같은 소설을 두 번 읽을 만큼 시간적 여유가 없기 때문이다.

그런 나도 어쩔 수 없이 두 번도 아니고 여러 번 읽은 소설이 있다. 바로 《제인 에어》. 물론 그럴 만한 이유가 있었다. 처음에는 영국에서 영문학을 공부하면서 석사 논문을 쓸 때 빅토리아 시대 여성 문인들 작품 중 하나로 선택해 읽었고(그것도 영어로!) 읽는 내내 이를 갈았다. 19세기 영어는 너무 어려웠고,《제인 에어》의 원문은 너무나 방대하고 복잡하며 장황하기 그지없어서 내가 이 책을 다시 읽으면 성을 간다고 맹세했지만…….

한 치 앞을 알 수 없는 것이 인생의 진정한 묘미 아니 겠는가? 몇 년 전 출판사로부터 이 책의 완역을 의뢰받았 다. 나는 한 번 읽어봤으니 두 번은 못 읽겠느냐는 마음 으로 수락했다…… 그런 약속을 해버린 바보 같은 나 를 하루에 수도 없이 나무랐다. 논문을 쓰기 위한 독서와 번역하기 위해 사전을 옆에 끼고 한 자 한 자 꼼꼼하게 따져가며 읽는 독서는 천국과 지옥처럼 극과 극이었다.

그렇게 번역 작업을 위해《제인 에어》와 로체스터의 첫 부인 버사 메이슨의 시각에서 쓴《광막한 사르가소 바다》를 수없이 읽고 난 뒤, 로체스터란 남자를 만나서 운명이 달라진 두 여자, 즉 성인이 된 제인 에어와 버사 메이슨의 입장을 동등하게 다룬 소설이 있으면 꼭 읽고 싶다는 생각이 들었다. 그러다 어느 날 우연히 접한《레 베카》라는 소설을 통해 그 꿈이 이뤄졌다. 나는 벽돌처 럼 두껍고 무거운 이 소설에 미친 듯이 빠져들었다.

처음《레베카》를 손에 들었을 때만 해도 이것이 내가 꿈꾸던 그 제인 에어 대 버사 메이슨의 대결을 다룬 소 설일 거라고는(물론 작가는 그런 의도로 쓴 게 아니었지 만) 상상하지 못했다. 이 소설은 벤호퍼 부인이라는 지 극히 밉살스러운 인간의 어린 동반자로 일하는 스물한 살짜리 '나'의 일인칭 시점에서 전개된다.

가난한 고아인 '나'는 밴호퍼 부인을 따라다니며 심부름을 하고 말동무가 되어주는 일로 생계를 유지하고 있다. 별다른 경력이나 학력도 없고, 밴호퍼 부인과 어울리는 연상의 어른들로부터 투명 인간 취급을 받는 탓에 매사에 자신감이 없고 낯을 가린다. 이런 '나'의 불안정한 심리는 다음 구절에 잘 표현돼 있다.

> 스물한 살의 나이는 용감하지 못하다. 겁이 많고 근거 없는 두려움도 많다. 쉽게 까지고 상처를 입어 가시 돋친 말 한마디를 견디지 못한다.^{56쪽}

이 부분을 읽으며 대학에 다니던 20대 초반의 미숙하고 서투르며 우울했던 내가 떠올라 저절로 공감하고 말았다. 그런데 이렇게 어수룩한 '나'는 멋진 맨덜리 저택의 소유자인 맥시밀리언 드윈터를 우연히 만나 짧게 어울렸다가 갑자기 청혼을 받아 맨덜리 저택으로 가게 된다. 단순한 관광객이 아닌 드윈터 부인, 맨덜리 저택의 마님으로서!

하지만 스커트와 코트 색깔도 제대로 맞추어 차려입지 못한 채 초라한 가방 하나만 들고 맨덜리 저택에 도착한 '나'는 하인들에게서 은근한 조소와 경멸을 받는다. 저택의 살림을 관장하는 댄버스 부인으로부터는 노골적인 적의를 느끼고 한없이 움츠러든다. 무엇보다 '나'를 가장 힘들게 하는 것은 주위 사람들의 끝없는 레베카 타령이다. 남편 맥심의 첫 부인, 보트 사고로 목숨을 잃은 레베카가 완벽한 아내이자 집주인이었다는 말을 저택에 도착한 첫날부터 듣는 '나.'

레베카의 화려한 외모, 뛰어난 살림 솜씨와 감각, 만나는 상대마다 다 반하게 만드는 사교적인 성격과 매력에 대해 들을 때마다 '나'는 한없이 주눅이 든다. 아직까지 첫 부인을 잊지 못하는 것처럼 보이는 맥심 때문에 콤플렉스에 빠져서 자신을 교묘하게 조종하려 드는 댄버스 부인에게 한마디도 반박하지 못하는 '나'의 모습이 나올 때마다 나는 너무 답답해 가슴을 몇 번이나 쳐야 했다. 산 사람이 아닌 유령과 경쟁할 수 없다는 '나'의 독백을 읽다 보니 이쯤 되면 이 소설의 주인공은 '나'가 아니라 레베카가 아닌가, 하는 생각마저 들 정도였다.

하지만 물 한 모금 마시지 못하고 고구마 백 개를 삼킨 것처럼 숨이 막힐 즈음 서서히 반전이 시작된다. 완벽한 줄 알았던 레베카의 또 다른 면이 드러나기 시작한 것. 더불어 레베카에 대한 맥심의 진심과 차마 드러내지 못한 주변 사람들의 마음을 알고 나서부터 '나'의 성장이 시작된다. '나'는 말한다.

돌이켜 생각해보니 왜 진작 깨닫지 못했는지 이상할 정도였다. 스스로의 벽을 깨지 못해 고통받는 사람이 세상에는 얼마나 많은 걸까. 그리하여 진실 앞에 눈감아버리는 아둔함은 얼마나 높고 거대한, 뒤틀린 장벽을 쌓게 되는 것일까. 나도 바로 그런 행동을 했다. 마음속에 잘못된 그림을 그리고 그 앞에 그저 앉아만 있었다. 진실을 알아내려는 용기가 없었다.429쪽

이 부분을 읽고 약 20년 전 번역 일에 막 뛰어들었을 때가 떠올랐다. 그때 내 주위엔 또래 번역가들이 제법 많았다. 번역가들이 모이는 인터넷 모임 카페에서 알게 된 우리는 나이가 비슷하고 책과 번역을 좋아한다는 공통점 덕분에 가끔 만나 커피도 마시고 밥도 먹으면서 좋아하는 책에 대해, 이제 막 일을 시작한 프리랜서 초보 번역가로서 계속 일을 구해야 하는 어려운 처지에 대해, 번역 원고를 넘기고도 번역료가 제때 정산되지 않아 겪는 경제적 어려움에 대해 이야기를 나누며 서로를 위로했다. 좋은 거래처, 즉 좋은 출판사가 있으면 서로 소개하고 정보를 나누기도 했다.

그때 우리는 대략 두 부류로 나뉘었던 것 같다. 하나는 나처럼 광막한 출판계에서 혼자 일감을 찾아다니는 번역가, 또 하나는 번역 에이전시에 소속돼서 거기서 주는 일감을 받아 작업하는 번역가. 나 같은 번역가는 출판사가 불러줄 때까지 무작정 기다려야 하지만, 에이전시에 소속되면 일정 수준의 작업량이 보장돼 있었다. 그러니까 조금 더 안정된 자리라고 할 수도 있었다. 그러나 거기에 소속되면 에이전시는 출판사가 주는 번역료에서

수수료를 떼어갔고, 어느 정도 경력이 쌓이기 전까진 에이전시명이 번역자 이름 대신 책에 실리는 치명적인 단점도 있었다(물론 그렇게 하지 않는 에이전시들도 있었다). 내 동료들 대부분은 번역가로서 경력이 쌓이면 에이전시를 나오겠다는 생각으로 거기에 머물렀다.

나는 그냥 혼자서 버텼다. 정기적으로 의뢰가 들어오기까지 3년이라는 세월이 걸렸고, 그동안 나는 번역가로 살아가길 포기해야 할지 몇 번이나 고민했다. 그야말로 사막을 통과하는 것처럼 막막했던 시간이었다. 그렇게 5년가량 지났을 때 주위를 둘러보니 내 동료 중 출판계에 남은 이는 얼마 없었다. 에이전시 수수료는 결코 줄지 않을 거라는 현실, 오랜 세월 일했는데 자신의 이름으로 나온 번역서가 한 권도 없어서 독립하면 결국 다시 처음부터 경력을 쌓아야 한다는 현실을 깨달은 동료들이 절망하며 떠난 것이다. 그때 우리에겐 에이전시를 나오는 건 아주 두려운 선택이었고, 혼자서 경력을 쌓아가는 것도 힘든 선택이었다. 나는 각자에게 어떤 사정이 있었는지는 자세히 알지 못한다. 나처럼 3년 동안 버팀목이 되어줄 경제적 자원이 없는 번역가도 많았고, 기다리다 보면 더 좋은 환경이 갖추어질 것이라는 믿음을 갖지 못한 번역가들도 있었을 테다(그때보다는 번역 환경이 아주 조금 더 나아졌다). 그러나 오직 에이전시만을 믿었던 것은 "마음속에 잘못된 그림을 그리고 그 앞에 그저 앉아만 있었던" 선택은 아니었을지, 뒤늦게 이런 안타까움을 느낀 한편, 당시 우리에게 주어진 선택지가 얼마 안 되었다는 사실에 씁쓸해하곤 했다. 한편, 번역보다 더 적성에 맞고 수입이 쏠쏠한 다른 일을 찾은 동료들도 여럿 봤는데 정말 기쁘고 부러운 일이었다.

《레베카》 후반부까지 자신의 자리, 자신의 것, 자신의 의견을 당당하게 주장하지 못한 채 겉돌던 '나'는 비극적인 사건을 계기로 진실을 찾아가기 시작한다. 남편을 만난 후 항상 주위를 먹구름처럼 떠돌던 레베카라는 유령을 쫓아버릴 용기를 낸 것이다.

그런데 《제인 에어》에서 정신병자이자 음탕한 탕녀로 묘사된 버사 메이슨의 현대판이라고 할 수 있는 레베카는 정말 남편 맥심의 말대로 나쁜 여자였을까? 진실은 알 수 없다. 《제인 에어》에서 버사 메이슨은 광녀라서, 이 소설에서 레베카는 유령이라서 자신의 입장을 직접 변호할 수 없기 때문이다. 다만 레베카를 숭배하는 댄버스 부인이 대변자로 나와 레베카는 너무나도 뛰어난 여성이었기 때문에 그 어떤 남자도 레베카를 가질 수 없었다고 선언한다.

결국 레베카 대 '나'의 대결이 누구의 승리로 끝났는지는 확실하지 않다. 아내였던 레베카를 한 번도 사랑한 적이 없다고 말하는 맥심의 애정을 차지한 앳되고 순진한 '나'의 승리일지도 모르고, 아니면 이미 죽었지만 작품 제목부터 시작해 이야기 내내 끝임없이 나오면서 강력한 카리스마로 모든 등장인물을 지배한 레베카가 진정한 승자일 수도 있다. 결국 독자인 우리는 '나'의 이름도 모르지 않는가.

사실 이 소설의 진짜 흥미로운 점은, 단순히 남자 하나를 차지한 것이 승리가 아닐 수 있다는 화두를 던졌다는 점이다. 샬럿 브론테가 1847년에 자신의 능력과 변치 않는 애정으로 부유한(나중에 재산도 확 줄고 한쪽 눈의 시력을 완전히 잃었지만) 귀족 로체스터를 차지한 제인 에어의 모습을 제시했다면, 대프니 듀 모리에는 1938년에 남자들의 세계에서 억울하게 이용만 당하다 광녀로 몰려 목숨을 잃은 버사 메이슨을 레베카로 되살려 세상 그 어떤 남자에게도 구속받지 않은 채 자신의 삶을 원하는 대로 살아가는 여성의 모습을 보여줬다. 한편 작중에서 줄곧 불안정한 자아를 표출하는 스물한 살의 '나'를 주인공으로 등장시켜, 댄버스 부인에게 가스라이팅을 당하며 자신을 간택한 남편을 강아지처럼 따르다가 종반부에는 나름의 성장을 이루는 모습을 묘사했다.

사람은 누구나 나다운 것, 자신이 할 수 있는 일을 찾아 방황하게 마련이다. 그것은 청춘들만 겪는 통과의례가 아니라 나이를 얼마나 먹었건 나답게 살고 싶은 사람이라면 누구나 힘겹게 거치는 불안한 과정일 테다. 그래도 이때 세상이 퍼붓는 그럴듯한 거짓말에 속지 않고, 고통스러울지라도 현실을, 진실을 직시하는 용기를 낸다면 우리는 어떤 성과를 거둘 수 있다.

 그런 면에서 작품 마지막에 나오는 활활 불타오르는 맨덜리 저택은 어쩌면 과거의 나, 허름하고, 무지하고, 연약했던 내 자아의 상징일지도 모르겠다. 자, 당신이라면 맨덜리 저택을 태워버리겠는가, 아니면 그 속에서 불안에 떨며 안주하겠는가. 선택은 당신의 몫이다.

《밤의 동물원(Fierce Kingdom)》
진 필립스 지음, 강동혁 옮김, 문학동네

사나운 왕국에서의 양자택일

나는 서른 살 때 아이를 낳았다. 그 시절에는 출산하기
에 늦은 나이였다. 12월에 결혼해 이듬해 9월 출산을 앞
두고 점점 불러오는 배를 보면서 과연 나에게 모성이 있
을지 매우 걱정되었다. 그런 걸 자문하기엔 뒤늦은 감이
있었지만 내가 아이를 좋아하는 인간이 아니었기에 시
간이 흐를수록 걱정은 커져만 갔다. 왜 주위에 그런 사람
들 있지 않은가? 남이 갓난아기를 안고 지나가는 모습만
봐도 탄성을 지르고, 식당이나 카페에서 아장아장 걸어
다니는 아이와 눈이 마주치면 까꿍, 도리도리를 해가며
아이를 웃기려고 기를 쓰는 사람들. 나는 결코 그런 사람
이 아니었다.

나의 근심은 다행히 기우로 드러났다. 36시간 넘게 진
통을 겪고 나서 낳은 아이는 까무러치게 예뻤다(원래 자
기 아이는 그렇게 보인다는 것도 그때 알았다). 다만 딸
이라는 걸 확인한 순간부터 새로운 걱정이 고개를 내밀

었다. 이렇게 예쁜 아이가 커서 데이트 폭력이라도 당하면 어쩌지? 아니, 우선 학교에 가서 아이들과 잘 어울릴 순 있을까? 저 조그만 다리로 걷는다고? 걷다가 앞으로 콰당 넘어져서 숨을 못 쉬고 죽는 건 아닐까? 이유식 먹다가 음식이 목구멍에 걸려서 죽은 아이도 많다던데. 남들이 들으면 방정맞은 생각을 한다고 할 만큼 나는 '아이의 죽음'을 상상한 수많은 시나리오를 머릿속에서 써대며 항상 불안함과 두려움을 느꼈다. 그 후 다른 엄마들과의 만남, 책, 드라마, 영화를 통해 모든 초보 엄마가 그런 두려움을 품고 살아간다는 걸 알고 조금 안도했지만 그렇다고 해서 그 공포의 크기가 줄어든 건 아니었다.

그렇기에 이 작품《밤의 동물원》의 대략적인 내용을 미리 알았더라면 읽지 않았을 것이다. 과거에 달리기 선수였던 덕에 기초 체력이 좋고 두뇌는 다리보다 더 빠른 속도로 핑핑 돌아가는 엄마 조앤과 포동포동하고 귀여워서 "아기계의 조지 클루니"처럼 생긴, 다섯 살짜리 아들 링컨이 동물원에 놀러간다. 폐장 시간이 가까워졌을 즈음 모자는 서둘러 나오려다가 동물원에 쳐들어온 무장 괴한들의 습격을 피해 공포에 떨며 밤을 보낸다. 이야기가 중반으로 접어들 때까지 조앤은 자기 모자가 처한 상황을 정확히 파악하지 못해 무수한 공포에 사로잡히고, 그걸 읽는 나는 딸이 갓난아기였을 때 상상했던 다종다양한 공포를 떠올리며 조앤에게 감정 이입할 수밖에 없었다. 그런데 이 이야기가 단순히 조앤과 링컨 모자의 숨 막히는 동물원 탈출기에 불과했다면 나는 이야기 전개에 집중하는 데 그쳤을 것이다. 《밤의 동물원》에는 나이 든 은퇴한 교사 마거릿과 발랄하고 수다스러운 열여섯 살 소녀 케일린이 등장하는데, 작가 진 필립스는 조앤과 이런 인물들 간의 상호 작용을 통해, 우리가 사랑하고 지키고 싶은 존재가 위험에 처한 순간 인간이라면 마땅히 행해야 할 도덕적 의무를 수행할 수 있는가, 라는 화두를 제기한다.

조앤은 괴한들을 피해 아들 링컨을 살려야 하는 급박한 상황 속에서 여러 갈등 요소와 맞닥뜨린다. 예를 들면 뚜껑이 닫힌 쓰레기통 속에서 들리는 갓난아기의 울음소리. 자기 모자를 살려줬지만 계속 떠들어대는 바람에 범인들의 주의를 끌 것 같은 케일린. 범인 중 하나가 옛제자였던 덕분에 간신히 목숨을 건졌지만 노인이라 빨리 걷지 못해 탈출을 지연시키는 마거릿 등.

작가가 독자에게 던지는 하나의 거대한 화두, 혹은 질문이 소설이라고 한다면 이 소설 《밤의 동물원》은 그야말로 담대한 질문이라고 할 수 있다. 아이를 키우는 엄마라면 자식의 목숨을 지키기 위해 호랑이처럼 변할 수밖에 없고, 그 목표를 이루는 과정에서 마주치는 것들은 모두 거추장스럽고 번거로운 장애물처럼 여겨지기 마련이다. 설사 그것이 장애물이 아니라 나와 내 아이를 도와준 은인들이라 해도 결과적으로 그들이 우리의 목숨을 위협한다면 그냥 내 살갗에 들러붙은 징그러운 벌레처럼 털어버리고 싶을 것이다. 지극히 이기적인 본능이지만 동시에 인간이기에 가질 수 있는 본능일지도 모른다.

그런데 이것은 어찌 보면 지금까지 오해를 받아온 다윈의 '적자생존' 이론을 떠올리게 하기도 한다. 가장 강한 것이 살아남는다고 우리가 오해해온 그 유명한 이론 말이다. 그러나 이제 우리는 안다. 일부 우생학자들이 자신의 이론이 유효함을 증명하기 위해 다윈의 이론에 덧붙인 해석이지만 틀렸다는 사실이 밝혀진 것이다. 이와 달리 요즘 가장 힘을 받고 있는 이론은 바로 '서로 협력하는 종이 살아남는다'는 이론이다. 비단 이론에 그치지 않고 지금까지 인류의 본질, 생명의 본질을 설명하려고 한 이론 중 가장 탁월하며 유효한 이론이라는 평가를 받고 있다. 상대를 경쟁의 사다리 밖으로 밀어내는 식의 사고방식으로는 우리에게 산적한 문제들을 풀 수 없음을 점점 더 많은 사람이 깨닫고 있으니까. 타인의 고통과 비극을 외면하다가 언젠가는 그것이 나의 고통과 비극이 될 수 있음을 깨닫고 있으니까.

그래서 《밤의 동물원》 속 조앤의 선택은 우리에게 영감을 준다. 평범하고 이기적인 인간이었던 조앤은 케일린을 짜증스럽게 여기고, 마거릿을 부담스러워하지만, 결국 두 사람의 진가를 제대로 보지 못했다는 사실을 뒤늦게 깨닫고 사력을 다해 모두를 지켜냈다. 나와 내 아이를 위해 다른 이들의 희생에는 눈감으려고 했지만 종내에는 그것이 자기 모자는 물론, 우리 삶의 의미마저 파멸

시키리라는 것을 깨닫고 모두를 구하기 위해 애쓰는 조
앤. 조앤의 그런 모습은 각자도생의 사고방식에 젖어 있
는 우리에게 하나의 길을 제시해준다. 타인을 살리는 길
이 돌고 돌아 나를 살리는 길이라는 것을.

《베이비 팜(The Farm)》
조앤 라모스 지음, 김희용 옮김, 창비

삶의 구경꾼 무리에 합류한다면

"엄마, 혹시 냉동 난자라는 거 알아?"

"그럼. 나중에 임신하기 힘들어졌을 때를 대비해서 난자를 얼려서 보관하는 거잖아. 갑자기 왜 물어?"

"아, 학원 선생님이 너희는 나중에 바쁘게 살다 보면 그걸 많이 하게 될지도 모른다, 뭐 그런 이야기를 하시더라고."

"난 또 최근에 그거로 아이를 낳은 연예인 이야기를 하는 줄 알았네?"

"그건 또 뭔데?"

나는 자신의 난자와 기증받은 정자로 인공수정을 해서 아이를 낳아 키우고 있는 한 연예인 이야기를 들려줬다. 그러다 얼마 전에 읽은 소설이 떠올랐다. 서점에서 '베이비 팜'이라는 제목을 본 순간 흠칫했다. 저거 혹시 내가 생각하는 그거 맞을까? 가까이 다가가 만삭인 여자들이 방마다 하나씩 갇혀 있는 것처럼(새장에 갇혀 있는 것처럼) 보이는 민트색 표지를 봤을 때는 한숨이 나왔다. 그렇게 흠칫과 한숨 사이에서 갈등하면서도 이 책을 집어들었던 이유는 내가 여자이자 엄마이며 하나밖에 없는 내 아이가 딸이기 때문일 것이다.

사실《베이비 팜》처럼 대리모를 다룬 작품은 적지 않다. 그런데 많은 소설이나 영화, 드라마 등에서는 철저한 계약을 맺고 대리모가 된 여성이 출산 후 변심해서 아이를 포기하지 않는 전개, 혹은 대리모와 친부 간의 야릇한 관계를 자극적으로 묘사한 내용이 주로 나온다.

하나 이 소설은 대리모의 변심이나 단순한 돈 문제만 다루는 시각에서 한발 더 나아가 지극히 자본주의적인 상상력을 선보인다. 자신의 아이를 낳아줄 대리모(작중에서는 '호스트'라고 부른다)에게 천문학적인 돈을 지불하려는 억만장자들과 그들의 욕망을 현실로 구현해주는 곧든 오크스라는 회사가 등장한다. 이 회사는 돈을 위해, 때로는 자아실현을 위해 기꺼이 남의 아이를 낳으려는 대리모들과 돈으로 출산까지 해결하려는 억만장자들을 연결해주는 사업을 통해 대박을 터뜨린다.

이 이야기를 읽으면서 처음엔 경악했지만 놀란 것은 잠시였고, 어쩌면 이미 은밀한 곳에서 이런 일이 실제로 일어나고 있을지도 모른다는 생각이 들었다. 돈을 위해 자기 장기도 파는 세상에서, 딱 열 달만 눈 감고 견디면 상상도 하지 못한 거액을 주겠다는 제안을 수락할 가난하고 삶에 지친 여자들은 의외로 많을 것이기 때문이다. 게다가 돈이면 귀신도 부릴 수 있다고 생각하는 억만장자들에게도 임신과 출산은 만만치 않은 과제인데 그것마저 지극히 편하고 깔끔하게 해결된다면 그들이 마다할 리 없다. 그 덕분에 인간이 무엇보다 소중하게 생각하는 통제력을 가질 수 있다면야. 여기서 느닷없이 무슨 통제력 이야기냐고?

생각해보라. 당신이 여자로 태어났다면 생리를 시작하는 순간부터 자신의 몸에 대한 통제력을 잃게 된다. 아무리 귀찮고 싫고, 심지어 생리통 때문에 방바닥을 데굴데굴 구르더라도 이것은 포기를 모르는 빚쟁이처럼 당신 몸에 찾아온다. 이 달갑잖은 손님이 당신 몸에 머무는 동안 가격도 만만치 않은 생리대를 사서 차고 다녀야 하고 (그것도 매달!), 혹시라도 옷에 묻지 않을까, 매 순간 마음을 졸이며 움직여야 한다.

생리만 있나. 생명을 잉태하기라도 하면 하루 종일 자도 또 졸리고, 끔찍한 입덧에 시달리고 괜히 피곤해진다. 몸이 무거워질수록 출산에 대한 불안과 두려움도 커진다. 만삭이 되면 그야말로 배에 무거운 드럼통을 달고 다니는 것처럼 뒤뚱거리며 걷고, 다리는 코끼리 다리처럼 퉁퉁 붓는다.

무엇보다 이 가임기가 여성이 가장 정력적으로 일할 수 있는 20대 후반에서 40대 초중반에 걸쳐 있다는 점이 문제다. 일하는 여성들 대부분은 임신이라는 단어를 떠올리는 순간 경력 단절이라는 단어가 마음을 옥죄어올 것이다. 그런데 돈만 지불하면(물론 일반인은 꿈꿀 수 없는 거액이지만) 그런 고민을 한 방에 날려버리고, 부모는 평소의 생활 방식을 조금도 바꾸지 않은 채 살아갈 수 있다. 어찌 생각하면 솔깃한 아이디어일지도 모른다.

그러면 돈을 받고 당신의 아이를 낳는 사람은 과연 어떤 사람일까? 이 소설에는 여자 넷이 주요 인물로 등장한다. 제인은 필리핀인 어머니와 미국인 아버지를 둔 혼혈로, 남자친구 빌과의 사이에서 아말리아라는 딸을 낳았다. 하지만 사정이 생겨 결국 먼 친척인 아테의 소개로 대리모가 된다. 어린 딸과 함께할 미래를 일구기 위해.

한편 제인의 룸메이트인 레이건은 백인이자 명문대 출신 미인으로, 호스트 중 1등급으로 분류된다. 부유한 집안에서 태어난 그의 엄마는 화가로, 일찍 치매에 걸려 요양원에 들어갔다. 레이건은 모성을 그리워하며 방황하다가 호스트가 된다. 좀 더 현실적으로 자신의 욕망에 충실한 리사도 있다. 리사는 건강 문제로 자신을 대리모로 고용한 줄 알았던 모델이 사실은 몸매 유지 목적으로 그랬다는 사실을 뒤늦게 알고 분통을 터뜨린다. 그런 하찮은 목적으로 자신이 남의 아이를 낳게 됐다는 사실이 억울했던 것이다.

마지막으로 이 대리모 사업 담당자인 메이가 있다. 메이도 제인처럼 중국인 아버지와 미국인 어머니 사이에서 태어난 혼혈이지만 그의 인생은 제인의 것과는 정반대의 길을 걸어왔다. 명문대를 나온 그는 전 세계 억만장자들에게 대리모 서비스를 제공해 부와 명성을 거머쥘 야심에 불타오른다.

사실 이 작품의 가장 흥미로운 점은 여성들의 연대다. 제인은 이제까지 살아오는 동안 결코 친해질 일이 없었던 중산층 백인 레이건과 리사와 함께 대리모로서 생활하는 동안 서서히 그들에게 마음을 연다. 인종과 성장 배경은 물론 생각과 가치관까지 다른 그들은 처음엔 서로에게 편견을 품고 있었지만 어느덧 서로를 도우며 우정을 쌓는다.

메이도 비슷하다. 자신의 야망을 실현하는 과정에서 만나게 된 대리모들을 이용하는 한편 그들을 동정하면서 가능한 한 도우려 애쓴다. 결국 그도 이 서비스를 이용해 제인에게 자신의 아이를 낳게 하고 육아 도우미로 고용하기까지 한다. 아이러니한 이 결말을 나름 해피엔딩이라고 봐야 할지는 모르겠지만. 어쨌든 두 여성은 이 방식으로 각자의 문제를 해결한 셈이 된다.

자, 그렇다면 이런 대리모 사업에 대해 우리는 어떻게 생각해야 할까? 레이건의 절친인 메이시의 비난처럼 대리모 서비스는 생명을 파는 비윤리적인 사업이기 때문에 금지해야 하는 걸까? 나는 메이의 엄마가 한 말이 마음에 좀 더 와닿았다. 제인을 자신의 대리모로 만든 것도 모자라 입주 육아 도우미로 고용해 아이를 키우게 하는 메이에게 엄마는 너는 네 인생의 구경꾼이 되었다고 일침을 놓는다. 이 대목을 읽는 순간 나도 정신이 번쩍 들었다. 내가 할 일을 남에게 맡기면 물론 내 생활은 편하고 효율적으로 돌아간다. 자원과 정신력을 내가 좀 더 중요하고 가치 있다고 생각하는 일에 쓸 수 있다. 그러나 자신에게 쓸모없는 일이라 믿어 의심치 않는 거의 모든 일을 돈으로 해결하고, 그렇게 벌어들인 시간에 하는 일은 항상 더 큰 가치를 지니고 있다고 신봉해도 괜찮은 것일까?

이런 고민을 하다가 우연히 딸과 함께 『애프터썬』이라는 영국 영화를 보게 됐다. 이혼해서 자주 만날 수 없는 열한 살짜리 딸과 서른한 살짜리 아빠가 튀르키예에서 2주간 여름휴가를 보내는 내용의 영화다. 오빠로 오해받을 만큼 젊은 아빠는 간만에 만난 딸에게 잘해주려고 무진 노력한다. 그러나 부녀가 찾아간 호텔은 언뜻 봐도 삼류 호텔로 보이고, 아빠는 딸이 좋아하는 게임기에 동전을 넣어주는 것도, 식당에서 식사나 아이스크림을 사주는 것도 힘겨워한다. 어린 딸은 아빠의 어려운 형편을 짐작하고, 노래 학원을 보내주겠다는 말을 듣자 '아빠는 돈도 없잖아'라는 힐난이 담긴 듯한 눈빛을 보낸다.

휴가지에서 생일을 맞은 아빠는 자신이 30대가 됐다는 것에도 놀라고 우울해하고 두려워할 정도로 여리고 섬세한 사람이지만, 딸을 사랑하는 마음만큼은 아낌없이 드러낸다. 딸에게 당구와 카드 게임에 대해 알려주고,

무엇보다 너 스스로를 보호하는 일이 중요하다고 강조하면서 호신술을 가르쳐준다. 아빠에겐 뭐든 말해도 된다고 거듭 이야기해주고, 딸에게 실수했을 때는 진심으로 사과한다.

소설 《베이비 팜》에서는 가진 자들이 출산이라는 거추장스럽고 힘들고, 비효율적일지도 모르는 일을 상대적으로 가난하고 절망적인 여자들에게 일임한다. 피치 못할 사정 때문에 어쩔 수 없이 그런 선택을 하는 것이 아니라, 생활의 편의, 인생의 효율을 위해 그런 선택을 한 것이다. 그런데 생존에 필요한 돈을 앞세워 상대적 약자에게 자신의 힘든 일을 떠맡기는 사람들이 삶의 또 다른 국면에서는 전혀 다르게 행동할까.

『애프터썬』을 보면 우리 삶을 구성하는 경험들과 서로에게 타인이 되지 않는 것에 대해 다시금 생각해보게 된다. 작은 실수를 하고 마음을 상하게 해도 다음 순간 머쓱하게 사과하거나 그 사과를 그럴 수 있다고 받아주며 고개를 끄덕이는 것. 아빠의 우스꽝스러운 댄스를 보며 미소 짓는 딸. 어이없을 정도로 노래를 못하는 딸을 가만히 바라봐주는 아빠의 눈빛. 이런 순간들이 쌓이고 쌓여 인생이 된다. 효율이나 가성비나 투자 같은 편리한 단어로는 대치될 수 없는 경험들이다.

다시 메이 엄마의 말을 생각한다. 너는 인생의 구경꾼이 되어버렸다는 그 말은 실로 옳다. 어떤 노동의 외주화는 결국 경험의 외주화로 이어진다. 한 번뿐인 인생을 오

로지 돈과 효율에 중점을 둔 일로만 채우다 보면 우리는
어느새 자신을, 타인을 소외시키게 된다. 돈보다 소중한
것은 시간이고, 사랑하는 사람이나 무언가에 쏟은 시간
이 낳은 추억임을 우리는 이미 알고 있다. 몸으로 겪어낸
시간의 더께는 그리 쉽게 벗겨지지 않는 법이다. 『애프
터썬』의 주인공이 열한 살 때의 여름휴가 추억을 서른한
살이 되었을 때 꺼내보면서 서른 한 살의 아빠를 추억했
던 것처럼.

《예쁜 여자들(Pretty Girls)》
카린 슬로터 지음, 전행선 옮김, 알에이치코리아

진실만이 우리를 자유롭게 한다는 진실

오래전에 SF 영화 《매트릭스》를 봤을 때 주인공 네오가 선택의 기로에 선 장면이 인상적이었다. 그는 멘토나 다름없는 모피어스가 내민 빨간 약과 파란 약 둘 중 하나를 먹어야 한다. 빨간 약은 현실 이면에 있는 진실을 보게 해주고, 파란 약은 그냥 이 현실에 만족하며 살아가게 해준다. 실로 쉽지 않은 선택이다. 선택의 어려움을 보여주는 이 장면은 단순하면서도 탁월해서 현실의 여러 상황에서 자주 인용되고 있다.

이보다 더 난도가 높은 선택을 제시한 작품으로는 영화로 만들어지기도 한 윌리엄 스타이런의 《소피의 선택》이 있다. 제2차 세계 대전 때 수용소에 갇힌 소피에게 독일군 장교는 선택을 강요한다. 소피의 두 아이 중 하나만 살릴 기회를 주겠으니 그 하나를 고르라고. 이보다 더 악마 같은 선택을 나는 어디서도 보지 못했다.

소설 《예쁜 여자들》에서도 힘든 선택의 기로에 선 주

인공 클레어가 이 두 사례를 떠올리며 괴로워하는 장면이 나온다. 클레어의 큰 언니 줄리아는 열아홉 살 때 다니던 대학 기숙사 근처에서 실종됐다. 그 사건으로 클레어 가족의 인생은 말 그대로 갈기갈기 찢겨버렸다.

클레어의 둘째 언니 리디아는 고통을 이기지 못해 코카인 중독자가 됐다가 가까스로 갱생해 딸아이 디를 키우며 살아가고, 수의사였던 아버지 쌤은 큰딸을 잃은 슬픔을 이기지 못해 자살했다. 유달리 깐깐하고 지적이며 도서관 사서인 엄마는 불행을 극복하기 위해 재혼했다가 두 번째 남편이 병사한 후 조용히 살아간다. 그 비극이 일어났을 때 열세 살에 불과했던 막내 클레어는 자신의 아픔을 알아보고 따뜻하게 보듬어준 폴 스콧이란 남자와 결혼해 부유하고 안락하게 살아간다.

그러던 어느 날 클레어가 보는 앞에서 폴이 강도에게 살해당하는 사건이 벌어진다 ㄱ때부터 클레어가 알던, 아니, 알고 있다고 생각했던 모든 것이 무너져 내린다. 장례를 치르고 집에 돌아온 뒤 남편의 컴퓨터에서 두 눈 뜨고 볼 수 없을 만큼 잔인한 스너프 포르노를 발견한 것이다.

자, 이제 클레어는 선택해야 한다. 이대로 이 포르노 파일들을 없애고 항상 자신을 숭배하며 보살펴준 남편과의 추억을 그대로 간직하며 살아갈지, 아니면 자신이 몰랐던 남편의 비밀을 파헤칠 것인지. 그 결과 어떤 추악한 진실을 보게 될지라도.

소설은 클레어의 아빠 쌤이 사라진 딸 줄리아에게 보내는 편지로 시작된다.

> 처음 네가 사라졌을 때, 네 엄마는 이렇게
> 경고하더구나. 네게 무슨 일이 일어났는지 정확히
> 아는 건, 아예 아무것도 모르는 것보다 훨씬 더 끔찍할
> 거라고.[13쪽]

그렇다. 실종된 딸이, 언니가 어떻게 됐는지 아는 대가로 자신의 목숨이라도 내줄 수 있을 것 같지만, 막상 그 구체적인 진실을 알게 된다면 내 마음의 평화를 영원히 잃어버리지 않을까. 그나마 유지하고 있던 아주 얇은 인류애가 바사삭 부서지지 않을까. 혹은 간신히 부여잡고 있던 생에 대한 가는 긍정의 끈을 놓아버리지 않을까.

끔찍한 고통을 겪은 피해자들의 이야기가 담긴 책에 크게 감정 이입하며 읽다 보면 마음이 한없이 힘들어진다. 그런 한편 비겁하게도 안도하는 마음이 생긴다. 이런 일이 내게, 내가 사랑하는 사람들에게 일어나지 않아서 다행이라는 생각에. 인간이란 게 이렇게 징그러운 면이 있다.

주인공 클레어의 처지와는 비교할 수 없고, 비슷하지도 않지만 최근에 나도 이런 선택의 기로에 선 적이 있다. 오랫동안 나와 우정을 나눈 사람이 있었다. 그는 선량하고 유능하며 내가 인간적으로 아주 사랑한 친구였

다. 그런데 최근에 함께 차를 마시면서 정치 이야기를 하다가 미처 몰랐던 그의 면모를 발견했다.

우리는 같은 편이라고 믿어 의심치 않았던 나의 편리한 짐작과 달리 그의 정치 성향은 나와 극과 극이라고 해도 좋을 정도로 달랐고, 세상을 보는 시선도 판이하게 달랐다. 모르는 사람이었다면 당장 찻잔을 내려놓고 카페를 박차고 나오고 싶었을 만큼 나와 너무나 다른 그의 생각을 듣고 아연실색할 수밖에 없었다. 우리가 보는 세상이 이토록 다른데 어떻게 지금까지 우리는 우정을 유지해올 수 있었을까. 그는 세상에 대한 내 시선을 알고 있었는데 그동안 배려해서 말하지 않은 것일까. 아니면 숨기고 있었던 원래 얼굴이 실수로 나와버린 것일까.

카페를 나서며 생각했다. 차라리 오늘 그를 만나지 않았으면 좋았을 것을. 오늘 대화는 나누지 않았으면 좋았을 것을. 그냥 내가 생각하는 그의 모습 그대로 쭉 알고 있었더라면, 이런 면모를 아예 몰랐더라면 그를 사랑하는 마음을 고이 간직할 수 있었을 텐데. 하지만 이것도 그의 일면인데 내 마음에 들지 않는다고 해서 외면하고 부인하는 것은 내 편견을 좋아하는 것이지 그를 정말로 좋아하는 건 아니지 않은가. 이게 바로 구체적인 진실이 우리의 가슴을 찢어놓는 예로구나.

나의 경우는 상대적으로 사소한 예라고 할 수 있지만, 사랑하는 가족, 친척, 친구, 동료가 어느 날 입에 올리기도 부끄럽거나 끔찍한 행동을 해서 비난받는 일을 겪는 여성이 세상엔 많을 것이다. 그들의 마음은 어떨까? 과연 진실을 알고 싶었을까. 진실이라고 해서 모든 류의 진실이 자신에게 이로운 건 아니니, 이 의문에 대한 답은 각각 다를 것이다.

클레어는 폴의 진실을 찾아 나선다. 그런 선택을 하기가 의외로 쉬웠던 건 클레어 역시 언니 실종 사건을 겪은 피해자였기 때문이다. 혹시 클레어가 그 끔찍한 포르노 파일들을 조용히 파괴하고 기억 속 깊이 묻어버리기로 선택했다면 어땠을까. 화면 속에서 잔인한 폭력을 당하는 여성들은 남이지만, 죽은 남편이 어떤 괴물이었든 간에 계속 살아가야 하는 건 클레어다. 만약 소설이 이렇게 흘러갔다면 그건 그것대로 무척이나 참혹한 내용이었을 것이다. 하지만 혹시 클레어가 그런 선택을 했다면 내가 비난할 수 있었을지……. 어려운 질문이다.

사실 이와 비슷한 딜레마를 다룬 해외 드라마 에피소드가 있다. 애리조나 주 상원의원인 클로드란 남자가 도저히 영문을 알 수 없는 일 때문에 감옥에 갇힌 범죄 전문가 죄수를 찾아와 상담한다. 30년 전 대학에 다닐 때 여성 둘을 강간한 혐의로 기소됐다가(사실 세 명인데 한 명은 고소를 취하했다) 무죄로 풀려난 경험이 있는 클로드는 최근에 출처를 알 수 없는 돈이 불규칙적으로 입금돼서 당혹스럽다고 밝힌다. 신기하게도 액수는 매번 똑같다고. 253달러 55센트인데 입금 주기를 살펴보니 아내와 섹스한 후에 돈이 입금됐다고.

나중에 밝혀진 미스터리의 진상은 이렇다. 알고 보니 남편이 과거에 강간범이었다는 사실을 최근에 알게 된 부인이 여러 사정상 이혼은 하지 못하지만 그와 잠자리를 가질 때마다 느끼는 치욕을 보상하기 위해 화대를 지불하듯 그의 계좌로 돈을 입금한 것이었다. 오랫동안 함께 살아온 남편의 숨겨진 비밀을 안 여성이 복수의 또 다른 형태로 남편에게 화대를 지불했다는 이 이야기는 카타르시스와 씁쓸함을 동시에 안겨준다. 그런 한편으로는 어떤 위트마저 느끼게 한다. 이런 믿기지 않는 암담한 상황에 처한 아내에게 이혼하거나 참고 산다는 두 해결책 외에도 매우 창의적인 옵션이 하나 더 생긴 셈이니까. 찬찬히 생각해보면 선택권이 확대된다는 것은 그만큼 그 사람이 행사할 수 있는 힘의 크기가 늘어난다는 것과 같다.

드라마가 아니라 현실 속 사례로 눈을 돌려보자면 빌 게이츠와 멜린다의 이혼 사건을 예로 들 수 있을지도 모르겠다. 둘이 갈라선 이유에 대해 여러 추측이 떠돌고 있는데, 수많은 지저분한 성범죄의 주범인 하비 와인스타인과 빌의 친교에 대해 멜린다가 못마땅해했다는 설이 있다. 그게 진짜 이혼 이유인지 아닌지는 알 수 없다. 그렇지만 이혼 여부를 떠나 멜린다는 하비 와인스타인과 빌의 교류 자체에 실망감을 느꼈을 수도 있다. 살다 보면 문득 느낄 때가 있지 않나? 그냥 모른 척 묻고 살아가려

해도 고집스럽게 자꾸 고개를 드는 진실도 있다는 것을. 그런 진실은 결국 밖으로 드러나기 마련이다. 수많은 소설이 설파하는 것처럼 결국 진실만이 우리를 자유롭게 한다. 어쩌면 그것만이 부인할 수 없는 진실일 것이다.

〈모두가 땅에 앉아 있었는데(All Seated on the Ground)〉
코니 윌리스 지음, 김세경 옮김, 아작

지구인과도 소통이 안 돼

살다 보면 암담해질 때가 있다. 왜 그럴 때 있지 않은 가. 어느 날 느닷없이 찾아온 위기를 죽을 둥 살 둥 발버 둥 쳐서 간신히 해결하면, 마치 때리고 또 때려도 자꾸 고개를 내미는 두더지 인형처럼 또 다른 위기가 불쑥 고 개를 내미는 그런 때. 마치 둑에 구멍이 생겨 허겁지겁 막아놓으면 물이 콸콸 새어나오는 또 다른 구멍이 보이 는 그런 때.

내게도 그런 때가 있었다. 입시 공부를 하다가 쓰러진 딸을 돌보느라 한 2년 동안 정신이 하나도 없었다. 다행 히 딸이 회복돼서 일상으로 돌아온 순간 이번엔 내 눈 건강에 문제가 생겨 철퍼덕 주저앉고 말았다. 말 그대로 눈앞이 캄캄해지는 순간이었다.

그럴 때 다른 사람들은 어떻게 마음의 지옥에서 빠져 나올까. 나는 가장 쉬운 방법, 그러니까 한없는 자기 연 민과 우울의 바다에서 허우적거리며 닭 가슴살보다 더 퍽퍽한 현실을 외면해버렸다. 사냥꾼들이 활을 들고 달려오는데 모래 속에 머리를 파묻은 타조가 되어 내 인생이 망했으니 지구도 망해버렸으면 좋겠다는 유치한 생각만 하면서. 사실 지구는 내가 물 떠놓고 빌지 않아도 기후 위기 때문에 이미 서서히 그 방향으로 가고 있는 것 같지만……

어차피 '이(번)생(은)망(했어)'이니 이 비루한 몸이 머무는 지구가 망한다 해도 나쁠 것 없다는, 종말론에 대한 열망. 그것의 유사품인 외계인이 지구에 오는 시나리오에도 귀가 솔깃해진다. 설마 그 머나먼 곳에서 지구라는 작은 행성에 온 외계인들까지 부와 명성과 권력과 화려한 외모와 섹스를 좇는 속물은 아니겠지. 그들마저 그렇다면 정말 실망과 절망뿐이다.

이런 시시한 생각을 하며 단편집 《여왕마저도》에 실린 〈모두가 땅에 앉아 있었는데〉의 첫 페이지를 읽은 순간 빵 터지고 말았다. 작가 코니 윌리스는 지구에 착륙한 외계인들에 대해 이렇게 말한다.

> 나는 실제 외계인은 영화에 나오는 외계인과 전혀
> 다를 것이라고 말해왔다. 외계인은 A) 우리를
> 죽이려거나 B) 우리가 사는 행성을 차지해 우리를
> 노예로 삼으려거나 C) 영화 『지구가 멈추는
> 날』에서처럼 우리를 우리 자신으로부터 구하려거나
> D) 지구 여성과 섹스하려고 오지는 않을 것이다.

괜찮은 사람을 찾기가 아무리 힘들다고 해도 설마
데이트나 하려고 외계인이 수천 광년을 여행해서
오겠는가? 더구나 그들은 지구 여성이 아니라
멧돼지나 실난초, 심지어 에어컨에 오히려 더 매력을
느낄 수 있다.[223쪽]

코니 윌리스는 이 전제 네 개로 이야기가 앞으로 얼마
나 위트 있게 전개될지 예고한다. 우리를 죽이거나, 노예
로 삼거나, 구해주거나, 섹스하려고 오는, 대중문화에서
극히 전형적으로 묘사되고 있는 외계인들에는 이제 신
물이 나지 않나? 그 머나먼 우주 어딘가를 떠나 오랜 시
간 어마어마한 에너지를 쏟아 여기까지 와서 고작 한다
는 일이 이토록 진부한 수작들일 순 없지 않겠는가.

그리고 보니 우리 눈에 비친 외계인들의 작태는 사실
제국주의자 백인 남성들이 하는 행동과 놀라울 정도로
닮은 것 같은…… 이라고 쓰다가 생각해보니 사실 이런
작품을 만든 이들 대부분이 제국주의자 백인 남성이라
는 사실을 깨달았다. 아하, 그렇지. 사람은 한결같은 법
이지.

자신이 속한 특권적 환경에서 비롯된 이런 빈곤한 상
상력을 뛰어넘는 전복적 사고를 하려면 그야말로 다시
태어나거나, 아니면 스스로 거세하고 피부색을 바꾸는
정도의 대오 각성을 해야 하는 것 아닌가! 아, 이건 너무
나갔나. 이런 백인 남성의 예로 내가 몇 년 전에 번역한

돈 윈슬로의 경찰 소설 《더 포스》의 주인공 대니 멀론을 들 수 있다. 흑백 갈등이 첨예한 뉴욕에서 경찰로 근무하는 그는 시민들이 경찰을 증오해서 일하기 너무 힘들다고 징징댄다. 그러자 그의 흑인 여자 친구이자 빈민가의 병원 응급실에서 간호사로 근무하는 클로데트가 따끔한 일침을 놓는다. 당신이 경찰이라서 미움받고 있다고 느낀다 해도 그 파란 제복을 벗으면 끝이지만, 내 검은 피부는 벗을 수 없다고. 이 나라에서 평생 흑인으로 산다는 것의 무게 때문에 나는 진이 다 빠졌다고.

그래서 〈모두가 땅에 앉아 있었는데〉의 첫 문장을 읽은 순간 반하고 말았다. 외계인이 지구 여성과 섹스하기 위해 이 먼 곳까지 온 것이 아니라는, 생각해보면 너무나 당연한 사실을 박력 있게 선언하는 이 소설을 어찌 사랑하지 않을 수 있을까. 어느 날 미국 덴버에 착륙한 외계인들. 작가는 외계인의 외모를 묘사하지 않고, 그저 그들이(작중에서는 알타이르인이라고 칭한다) 미끄덩거리기와 뒤뚱거리기의 중간 형태로 이동한다고만 언급한다.

이렇게 미끄덩미끄덩 뒤뚱뒤뚱 움직이는 알타이르인들이 지구에 온 지 9개월이 넘었는데도 그들과 의사소통을 하기는커녕 말 한마디 나누지 못해 지구인들은 속이 탄다. 외계인이 오면 뭐하나? 대체 왜 왔는지 도통 속을 알 수 없는데! 그래서 다방면의 전문가들을 대충 모아놓은 소통 위원회가 구성되고, 거기에 잡다한 주제의 칼럼을 신문에 연재하는 칼럼니스트 맥도 불려간다.

그러나 기껏 맥을 부른 위원장 모스맨 박사는 남의 말을 들어먹지 않는 인간이라 소통 위원회에서 나온 것 중 가장 참신하고 설득력 있는 맥의 아이디어를 귓등으로도 듣지 않는다. 기독교 대표 인사로 참여한 트래셔 목사도 마찬가지다. 이들이 외계인의 의중을 멋대로 짐작하며 시끄럽게 떠들어대는 말을 읽다가 갑자기 묘한 기시감을 느꼈다.

'가만, 이거 어디서 많이 본 장면인데. 뭐지, 이 강렬한 기시감은?' 그리 오래 고민할 필요도 없었다. 그것은 언젠가 내가 나갔던 한 모임에서 목격한 장면이었다. 남자 다섯 명, 여자 두 명으로 구성된 친목 모임이었다. 다들 자신의 분야에서 내로라하는 명성을 쌓았고, 대부분 나보다 연장자로 풍부한 경력과 높은 지위를 지니고 있었다. 모임에 초대받았을 때는 자못 기대가 컸지만 곧 그 기대는 처참하게 깨지고 말았다.

문제는 술을 마시며 오가는 대화 도중에 나는 입도 벙긋할 수 없었다는 점이다. 남자들은 돌아가면서 자신이 그간 쌓아온 업적과 자신의 빛나는 지위와 높은 학식에 대해 열변을 토했다. 그중에서도 특히 쉬지 않고 말하는 사람이 하나 있었다. 방청객 모드로 듣고 있던 내가 너무 지겨워진 나머지 그의 오류를(사실 수많은 오류가 있었다) 짚어주는 말 한마디를 입에 담자 분위기가 급속히 냉각됐다. 나를 향한 그들의 시선은 닥치고 자신들이 하는 이야기를 들으라는 무언의 압력을 담고 있었다.

그 시선에 뻘쭘해졌다가 다시 고개를 든 순간 맞은편
에 있던 다른 여성과 눈이 마주쳤다. 그는 다 안다는 표
정으로 나를 보며 말없이 고개를 끄덕였다. 우리는 요란
하게 떠드는 남자들에게 반박하거나 우리의 의견을 내
놓는 게 큰 의미가 없다는 시선을 교환했고. 그 후 나는
다시는 그런 모임에 나가지 않기로 했다. 벽에 대고 대화
를 시도하기엔 내 시간과 에너지가 너무 소중하니까.

〈모두가 땅에 앉아 있었는데〉에서는 두 가지 소통의
부재가 나타난다. 그 어떤 형태의 의사 표시도 하지 않은
채 지상에서 가장 못마땅하고 불만스러운 표정으로 상
대를 노려보며 가만히 서 있기만 하는 외계인들과 지구
인들의 불통. 그리고 그런 외계인의 의중을 짐작하기 위
해 꾸린 소통 위원회에서 상대방의 말은 듣지 않고 오직
자신의 뜻, 자신의 방식만 고집하는 모스맨 박사를 위시
한 위원회 남자들과 맥의 불통. 명색이 소통 위원회인데
위원들끼리도 소통이 되지 않는다니 그 아이러니에 웃
음이 난다. 결국 시종일관 사람을 무시무시한 기세로 노
려봐서 기를 죽이는 외계인들의 마음을 읽은 사람은 소
위 소통 전문가도 아니고, 위원장도, 목사나 과학자도 아
닌 한 합창 지휘자와 칼럼니스트 맥이었다.
  외계인들은 캐럴이 흘러나오는 백화점에 갔다가 바닥
에 털썩 주저앉아 버리는데, 이는 그들이 보인 최초의 반
응이었다. 마침 백화점에는 크리스마스 음악회를 준비

하러 온 학생들과 합창 지휘자가 있었다. 한 학생이 들고 있던 비디오카메라에 우연히 찍힌 외계인들을 본 맥과 합창 지휘자는 외계인들이 다름 아닌 캐럴에 반응한 것이라는 놀라운 사실을 발견하고, 그게 어떤 의미인지, 그걸 어떻게 활용하면 외계인들과 소통할 수 있을지 알아내려고 애쓴다. 그러나 소통 위원회는 맥의 말을 무시해버리고, 또 다시 자기들만의 해석을 덧붙여 외계인들의 의도를 왜곡해 정치적인 목적에 이용하려 든다.

코니 윌리스는 진정한 소통이란 우격다짐으로 이루어질 수 있는 것이 아니라 먼저 상대의 마음을 섬세하게 살펴야지만 성립될 수 있는 것임을 아주 영리하게 보여준다. 성공적인 소통이란 일방적으로 자신의 의지를 강요해서 원하는 바를 이루는 게 아니다. 먼저 상대가 무슨 생각을 하는지 살피고, 내 생각을 그에게 효과적으로 전달하고, 상대가 하고 싶은 말을 주의 깊게 경청함으로써 서로 원하는 바를 조율해나가는 것이다.

다 큰 딸이 정오까지 자고 있을 때 이제 그만 일어나라고 소리를 꽥 지르고 싶은 마음을 참고 있다가 얼굴이 퉁퉁 부어 일어난 딸에게 무슨 고민이 있어서 밤잠을 못 이뤘는지 조심스럽게 물어보는 것이 보다 효과적인 소통 방법일지도 모른다. 나는 딸과 무수한 고함지르기 시합을 벌인 끝에 간신히 이 방법을 터득했다. 이제 딸과 나의 사이는 그럭저럭 평화롭다.

〈모두가 땅에 앉아 있었는데〉의 외계인들은 결국 자신들이 바라는 바를 알아낸 맥과 합창 지휘자 캘빈의 노고를 치하하며 시종일관 벽창호처럼 굴던 모스맨 박사와 트래셔 목사를 소통 위원회에서 빼 달라고 한다. 그 결말이 어찌나 시원하던지. 그런 식으로 소통할 수 없는 사람들은 다 빼버리고 말 통하는 사람들끼리만 살 수 있다면 얼마나 근사할까. 화면 터치 한 번으로 소셜 미디어상에서 상대하기 싫은 사람의 계정을 차단할 수 있는 것처럼.

그러나 오프라인, 즉 현실에 생생히 존재하며 살아 숨쉬는 인간을 그렇게 쉽게 삭제하거나 차단할 순 없으니 다른 방법을 찾아볼 수밖에. 남자들이 모여 노래방의 마이크를 독점하듯이 발언권을 독점하는 모임에 더는 나가지 않기로 했다고 앞에 썼지만, 실은 아주 최근에 그와 비슷한 어떤 모임에 나갔다가 색다른 경험을 했다. 거기에는 여자가 남자보다 많았고(여자 다섯, 남자 셋) 이번에도 어김없이 발언권을 독점하려고 한 남자가 있었다. 그런데 그때마다 누군가가(사실 여자들이 돌아가며) 유머러스하게 발언을 제지해서 그의 입을 막았다.

그 모습을 보며 신선한 충격을 받았다. 사실 그렇게 '나홀로 잘났소' 스피커가 모임에서 제지를 당하는 상황이 최근 몇 년 사이에 점점 더 늘어나고 있다는 걸 어렴풋이 피부로 느끼긴 했다. 그건 아마도 더는 그런 식으로 소통해선 안 된다는 것을, 발언의 기회는 공평하고 동등하게 나누어야 한다는 것을 느낀 사람들(주로 여성들)이

꾸준히 목소리를 내왔기 때문일 것이다. 그날 파티는 즐거웠고 알찼다. 이러다가 언젠가는 정말 외계인 같은 사람들과도 소통할 수 있는 날이 올지도 모르겠다.

소설의 쓸모

초판 1쇄   2023년 2월 28일 발행

지은이   박산호

기획편집   유온누리
디자인   조주희
마케팅   최재희, 맹준혁
인쇄   천광인쇄사

펴낸이   김현종
펴낸곳   메디치미디어
경영지원   이도형, 이민주
등록일   2008년 8월 20일 제300-2008-76호
주소   서울시 중구 중림로7길 4, 3층
전화 / 팩스 02-735-3308 / 02-735-3309
이메일   meeum@medicimedia.co.kr
인스타그램   @__meeum
블로그   blog.naver.com/meeum__

ISBN 979-11-5706-281-2 (03800)